CRAIG
Du bist mein Star

THE BILLIONAIRE BARONS OF TEXAS ❧ BOOK FOUR

CHRIS KENISTON

Indie House Publishing

Indie House Publishing

KAPITEL EINS

Niemand hatte ihm je gesagt, dass das mit dem Altern so früh losgehen würde. Craig Baron trank von seinem kühlen Wasser. Die Reparatur des stiersicheren Zauns zwischen den Ranches der Barons und der Golds erwies sich als etwas schwieriger, als die Brüder gedacht hatten.

„Du bist auch nicht mehr das, was du einmal warst", stichelte Chase grinsend seinen jüngeren Bruder. „Älter werden ist nichts für Weicheier."

„Wer im Glashaus sitzt, soll nicht mit Steinen werfen." Craig stützte sich auf den Stiel seiner Schaufel und straffte die Schultern. „Und fürs Protokoll: Ich bin weder alt noch ein Weichei."

„Sprich für dich selbst." Der Älteste der heutigen Arbeiter, sein Bruder Mitch, zog ein kariertes Halstuch aus seiner Gesäßtasche und wischte sich damit die Stirn ab. „Ich gebe zu, dass das vor zehn Jahren viel einfacher war."

„Ich auch." Kyle, der Bruder, der in der besten körperlichen Verfassung war, trank eine Plastikflasche Wasser auf einmal aus, drückte sie zusammen und warf sie in den nächsten Mülleimer. „Ich glaube, Zäune errichten ist etwas für die nächste Generation."

„Und Autorennen?" Jared Gold, der dank Craigs Schwester Eve bald ein offizielles Mitglied des Baron-Clans sein würde, hob eine Augenbraue hoch.

Kyle seufzte müde. „Es ist noch nicht offiziell,

aber", er schaute zu einem Punkt in der Ferne, „ich glaube, es ist Zeit, meinen Helm an den Nagel zu hängen."

Während er noch mehr Wasser trank, hätte Craig es bei diesen Worten beinahe wieder ausgespuckt. Jedes einzelne Mitglied der Baron-Familie war absolut wettbewerbsorientiert. Jeder strebte danach, an der Spitze zu stehen, egal, was man dafür tun musste. Der Gedanke, dass Kyle den Rennsport an den Nagel hing, war so absurd wie der Gedanke, dass Craig einen preisgekrönten Film aufgab. Das würde einfach nicht passieren. „Machst du Witze?"

„Nö." Kyle nahm seinen Hut ab und schlug sich damit den Staub vom Oberschenkel, bevor er ihn wieder aufsetzte. „Ich finde einfach, es ist an der Zeit."

„Wow!" Mitch schüttelte den Kopf. „Ich weiß, dass du es angedeutet hast, aber ich hätte nicht erwartet, dass du es tatsächlich wahr machst. Zumindest noch nicht."

„Wie ich schon sagte", Kyle schnappte sich den Bohrer, „es ist noch nichts offiziell. Vielleicht müssen wir Gibs noch ein Jahr Zeit geben."

„Es sei denn, jemand übernimmt", erwiderte Craig. „Ich habe Gerüchte gehört, dass Bergeron mit seinem Team unzufrieden sei. Er ist noch nicht so gut wie du, wird es aber vielleicht bald sein."

„Hmm", machte Kyle.

Nach diesem Gespräch vermutete Craig, dass sein Bruder zwar bereit sein mochte, seinen Rennanzug an den Nagel zu hängen, aber nicht, ersetzt zu werden. Craig und Kyle lagen altersmäßig nicht weit auseinander, und doch begann Craig gerade erst, die Früchte seiner harten Arbeit zu ernten. Der Weg an die Spitze der Filmindustrie war nicht einfacher als der Aufstieg an die Spitze der Rennsportwelt. Er konnte sich nicht vorstellen, dass Kyle aufgeben würde, genauso wenig wie er nicht mit aller Kraft für den nächsten großen Film kämpfen würde, der *Baron Productions* zum heiligen Gral der Branche machen würde. Die Firma, um die sich die großen Stars reißen würden, damit ihre Filme von ihr produziert werden würden, und nicht umgekehrt. Er biss sich auf die Zunge und schüttelte den Kopf. Kyle durfte auf keinen Fall aufgeben.

Jared begutachtete ihre heutige Arbeit und blickte dann zum Himmel. „Die Hitze wird langsam zu drückend."

„Wir sind in Texas", erwiderte Kyle sarkastisch. „Die Hitze ist fast immer drückend."

Jared lachte. „Stimmt, aber in diesem Fall haben wir gute Fortschritte gemacht. Wir könnten jetzt Feierabend machen und morgen weiterarbeiten."

Craigs Rücken schmerzte allein bei der bloßen Erwähnung, dies morgen fortzusetzen. Sein Schreibtischjob hatte ihn wirklich weich werden lassen. „Ich gebe zu, dass sich Hazels französischer Streuselkuchen und ein kühles Glas Blaubeerlimonade im Moment himmlisch anhören."

Mitch starrte in die Ferne und drehte dann den Kopf zu ihnen. „Hazel hat ihren französischen Sahne-Streuselkuchen gemacht?"

Der Typ war einmalig. Gerade dann, wenn Craig dachte, dass sein älterer Bruder völlig in seiner eigenen kleinen Welt versunken war, wurde er munter und ließ jeden wissen, dass er mit der Konversation Schritt gehalten hatte, auch wenn er kein Wort gesagt hatte. Er hatte auch viel mehr Zeit auf der Ranch verbracht als sonst. Mitch flog nach Washington, um seine Aufgaben im Senat zu erledigen, und eilte dann wieder nach Hause, so oft er konnte. Jedes Familienmitglied betrachtete die Ranch als sein Zuhause, und an vielen Wochenenden kam mindestens die Hälfte hierher und richtete sich in ihren alten Zimmern ein, als wäre kein Tag vergangen, seit sie als Kinder die Sommer und Wochenenden mit den Großeltern verbracht hatten. Dennoch war sich Craig nicht sicher, wann Mitch das letzte Mal auch nur einen kurzen Zwischenstopp in seinem Haus in der Innenstadt eingelegt hatte. Fast jedes Wochenende, manchmal auch wochentags, war er in den Scheunen zu finden.

Trotz ihrer Bemühungen, auf subtile Weise herauszufinden, was Mitch bedrückte, war keiner der Brüder in der Lage gewesen auszumachen, warum er in den vergangenen Monaten mehr Zeit als gewöhnlich auf der Ranch verbrachte. Der Schmerz in Craigs unterem Rücken erinnerte ihn daran, dass jetzt eine heiße Dusche angebracht wäre. Die Gedanken um seinen großen Bruder konnte er an einem anderen Tag fortführen.

„Der Letzte, der bei der Ranch ankommt, ist ein Weichei!" Natürlich musste Kyle alle zu einem Rennen anspornen. Er mochte denken, dass er bereit war, sich aus dem Adrenalinrausch der Rennwelt zurückzuziehen, aber Craig war noch nicht überzeugt davon.

In Rekordzeit schafften es die Brüder zurück zur Ranch, wo jeder eine lange heiße Dusche nahm, sich saubere Kleidung anzog und eine kurze Pause vor dem Abendessen mit dem Gouverneur und Grandma einlegte. Sogar Jared und Eve gesellten sich zum Familienessen.

„Gibt es schon ein Datum?", fragte die Großmutter ihre Enkelin beiläufig und streichelte den Welpen an ihrer Seite. Seit Jared vor der ganzen Familie auf die Knie gegangen war und Eve einen Heiratsantrag gemacht hatte, stellte Lila Baron die gleiche Frage.

„Ich möchte mir noch ein paar Locations ansehen, bevor wir die Zahl der Gäste eingrenzen", antwortete Eve so beiläufig wie immer.

Tatsache war, dass er wusste, dass seine Schwester immer noch darauf wartete, dass ihre Mutter Eve einen Zeitpunkt nannte, an dem sie ihr Versteck in Europa verlassen würde, um sich auf eine weitere Familienhochzeit zu wagen. Da die Spannungen zwischen den Barons und ihrer Mutter – der ersten Ex-Mrs. Bradley Baron – immer noch groß waren, nahm seine süße kleine Schwester die Strapazen gerne auf sich.

„Ich habe gehört, dass Paige mit ihren Plänen, das Weingut als Veranstaltungsort für Hochzeiten zu nutzen, gut vorankommt. Vielleicht wäre das eine gute Lösung?" Die Grübchen seiner Großmutter vertieften sich, und ihre Mundwinkel verzogen sich zu einem neckischen Grinsen. „Ich könnte ein paar Fäden ziehen, wenn du willst."

Eves Lächeln wurde noch strahlender und passte zu dem ihrer Großmutter. „Ich habe vielleicht selbst ein paar Fäden, die ich ziehen könnte."

„Welche Fäden werden gezogen?" Paige, die bereits erwähnte Schwester – die Tochter der zweiten Ex-Mrs. Bradley Baron – stürmte ins Zimmer und drückte ihrer Großmutter sofort einen Kuss auf die Wange.

Lila Baron lächelte ihre Enkelin an und winkte Eve zu sich. „Die für eine Hochzeit auf dem Weingut."

Paiges Blick wanderte zu Eve. „Würdest du das gern tun?"

Eve presste die Lippen fest aufeinander und zog die Mundwinkel nach oben, während sie langsam nickte. „Vielleicht."

Paige klatschte begeistert in die Hände, setzte sich auf ihren Platz und sagte zu ihrer älteren Schwester: „Nach dem Essen reden wir darüber."

Die beiden Schwestern grinsten einander an wie die kleinen Mädchen, an die er sich noch von früher erinnerte. Obwohl er wusste, dass es viele Diskussionen über Paiges Ambitionen für das Familienweingut gegeben hatte, war ihm nicht klar gewesen, dass sie genug Fortschritte gemacht hatte, um eine Baron-Familienhochzeit auszurichten.

„Wo drehst du diese Woche?" Der Gouverneur schnitt sein Rinderfilet in Scheiben, stach hinein und ließ es auf der Gabel in der Luft baumeln, um auf Craigs Antwort zu warten.

„Vancouver."

„Langer Flug."

Craig nickte. Das wusste er sehr wohl. Als Executive Producer musste er zwar nicht jede Minute am Set sein, aber sein Großvater hatte ihm vor langer Zeit beigebracht, dass man nur dann einen Vorsprung hat, wenn man doppelt so hart arbeitet wie andere. Außerdem hatte der Gouverneur ihnen allen beigebracht, dass der beste Weg, um unangenehme Überraschungen zu vermeiden, darin bestand, immer mindestens ein Auge auf ein Projekt zu werfen. Ob geschäftlich oder privat, Craig hatte genau das getan, und mehr als einmal hatte es ihm den Hintern gerettet.

„Hattest du Glück mit der Option, von der du uns erzählt hast?"

Craig musste überlegen, von welcher Option sein Großvater da redete.

„Du weißt doch", fuhr dieser fort, als hätte er Craigs Gedanken gelesen, „diese Schauspielerin, die in der Nähe von Austin wohnt und von der du so begeistert warst."

Ach ja, die schwierige Diva, die vor über einem Jahrzehnt nach Hill Country gezogen war, nachdem sie einen ihrer vielen Blockbuster-Filme fertiggestellt hatte. Die Frau spielte nicht mehr in Filmen mit, die außerhalb ihres Bundesstaates gedreht wurden, *und* besaß zufällig die Rechte an dem heißesten Material, das momentan auf dem Markt existierte. Ein Volltreffer für eine Oscar-Nominierung, wenn man es richtig anpackte, was seine Produktionsfirma tun würde. Dieser Film würde ihn endgültig an die Spitze bringen. „Die Verhandlungen sind noch im Gange."

„Ist das Texas-Studio immer noch der springende Punkt?" Der Gouverneur hob sein Wasserglas an die Lippen, um zu zeigen, dass er zwanglos plaudern konnte, obwohl die Frage, ähnlich wie die seiner Großmutter bezüglich Eves Hochzeit, überhaupt nichts Zwangloses an sich hatte.

Craig nickte. Einer von vielen, wenn es um diese Diva ging.

„Ein Studio näher an deinem Wohnort wäre nicht schlecht. Hast du dir das schon mal überlegt?"

„Immer mal wieder." Das war wahrscheinlich nicht die Antwort, die sein Großvater hören wollte, aber es war die Wahrheit. Oder zumindest ein Teil der Wahrheit. Angesichts der Tatsache, dass die Produktionen oft gleichzeitig im ganzen Land liefen und er immer wieder Nachtflüge nahm, um mitzuhalten, hatte er mehr als nur darüber nachgedacht. Einschließlich der Kosten und der Kopfschmerzen, die ein solches Projekt mit sich bringen würde, vor allem, wenn man bedachte, dass er einen Standort in oder in der Nähe von Houston und der Ranch bevorzugte – in einem Teil des Landes, der praktisch eine Produktionswüste war. Austin lag zwar näher an seiner Wohnung, aber da er mehr Zeit auf der Ranch als in seiner eigenen Wohnung verbrachte und die Kosten und die Verfügbarkeit von Grundstücken selbst für einen Baron mehr als unerschwinglich waren, kam diese Option nicht infrage. So blieb die Möglichkeit, sich stattdessen auf Dallas zu konzentrieren, eine Stadt, die ihn näher an seinen Bruder Chase heranbringen würde und in der es bereits einen ansehnlichen Pool an Fachleuten aus der Filmindustrie gab. Trotz des

Vorteils, den der Standort in Nordtexas bot, konnte er sich nicht dazu durchringen, vier Stunden fahren zu müssen, um seine Familie und die Ranch zu besuchen, genauso wenig wie dazu, die gleiche Zeit in einem Flugzeug zu verbringen. Stattdessen hatte er sein Bestes getan, um die Diva aus Texas zu locken – bisher ohne Erfolg.

„Du weißt, dass der Gesetzgeber gerade neue Steueranreize für genau diese Art von Projekten genehmigt hat?"

Er hob den Kopf und starrte seinen Großvater an. Ehrlich gesagt hatte er nicht darauf geachtet, ob der Staat Texas für derartige Projekte Vergünstigungen anbot. „Ich werde es mir ansehen."

Der Gouverneur nickte kurz. „In meinem Büro liegt ein Ordner mit den Highlights. Wenn du daran interessiert bist, kannst du nach dem Essen einen Blick darauf werfen. In der gleichen Mappe sind auch ein paar Immobilienvorschläge, die dein Cousin Devlin vorgelegt hat."

Wieder nickte Craig. Es war eigentlich egal, ob er interessiert war oder nicht – zumindest war er definitiv neugierig –, denn ein Vorschlag des Gouverneurs war im Prinzip ein militärischer Befehl, auch wenn seine Enkel keine Soldaten waren. In jedem Fall musste er befolgt werden. Natürlich war die Frage, die ihm durch den Kopf ging, ob dieser Vorschlag seine strapaziösen Dienstreisen und Verhandlungsmarathons beenden oder ein Schuss ins eigene Knie sein würde.

„Das nächste Mal, wenn jemand nach viel zu vielen Schokoladen-Martinis *Roadtrip* schreit, erinnere mich daran, dass ich darauf bestehe, dass wir wenigstens in

Texas bleiben." Kathleen Elizabeth Donovan, besser bekannt als Kate, war durch und durch extrovertiert, mit einem Hauch von Diva. Außerdem war sie zu alt, um den ganzen Tag im Auto zu sitzen. Aber sie hatte zugestimmt, mit ihren Freunden eine spontane Reise durch zwei Bundesstaaten zu unternehmen.

„Willst du damit sagen, dass dir die heißen Quellen nicht gefallen haben?" Joan, ihre beste Freundin seit dem Kindergarten, machte sich nicht die Mühe, von der Straße zu Kate zu blicken. Wahrscheinlich, weil Joan die Antwort bereits kannte.

„Es war wirklich durch und durch entspannend." Das war es wirklich gewesen. Angefangen mit dem Kühlschrank, der die Milch nicht nur gekühlt, sondern gefroren hatte. Dann war da der Teenager gewesen, dessen Highschool-Band mitten im Online-Meeting Metallica-Songs geübt hatte. Schließlich irgendein Idiot, der nicht verstanden hatte, dass man nicht einfach mit nistenden Meeresschildkröten spielen darf. An manchen Tagen kam das Leben einfach aus allen Richtungen auf einen zu. Nach drei Tagen der Ruhe und Stille in der Natur und all den kleinen Krabbeltierchen, die damit einhergingen, war Kate klar geworden, wie anstrengend die reale Welt geworden war. „Wir müssen wirklich öfter mal ausbrechen."

„Amen. Es würde allerdings helfen, wenn du wenigstens einen Bruchteil der Zeit, die du mit der Rettung der Welt verbringst, darauf verwenden würdest, dich selbst zu verwöhnen."

„Mag sein." Viel mehr konnte sie nicht sagen, schließlich hatte Joan ein gutes Argument. Solange Kate denken konnte, machte sie sich mehr Sorgen um hilflose und verlassene Tiere als um Menschen. Nicht jeder hatte das Privileg, erwachsen zu werden und seine Leidenschaft zum Beruf zu machen. Sie wünschte sich nur, eine erfolgreiche Umweltschützerin zu sein, würde nicht bedeuten, sich mit der geldgierigen, vor allem auf Profit ausgerichteten Seite der Gesellschaft auseinandersetzen zu müssen. Die Erhaltung gefährdeter Arten und ihres natürlichen Lebensraums hatte sich als viel anspruchsvoller erwiesen als die Pflege einiger ausgesetzter Kätzchen, als sie neun Jahre alt gewesen war. Trotzdem würde sie nichts daran ändern – außer vielleicht, dass sie von nun an ein paar mehr Wochenenden mit den Mädels verbringen würde.

Weniger als eine Stunde von zu Hause entfernt, wies die Computerstimme des Navis sie ohne einen Hauch von Zweifel an, die nächste Ausfahrt zu nehmen. Ein kurzer Blick auf die Karte und die lange orangefarbene und dann rote Linie entlang des Highways erklärte, warum. Nur wenige Augenblicke nach der Umleitung begann der Verkehr zu stocken, als sie sich der vorgeschlagenen Ausfahrt näherten.

Joan schüttelte den Kopf und seufzte. „Ich nehme an, die zwanzig Minuten, die uns dieser kleine Umweg zusätzlich kostet, sind weniger als die Zeit, die wir verlieren würden, wenn wir auf dem Highway blieben."

„Keine Frage." In den folgenden Minuten folgten sie der Landstraße und konnten den Parkplatz sehen, zu dem der Highway geworden war. „Die Leute da tun mir leid. So wie es aussieht, werden sie noch eine ganze Weile dort festsitzen."

„Dem Himmel sei Dank, wer auch immer Navis erfunden hat! Ich glaube, ich werde ein Glas Wein trinken, wenn wir nach Hause kommen, um ihn oder sie zu ehren."

„Ich auch." Kate lachte. Sie lehnte den Kopf gegen die Kopfstütze und betrachtete die rosa, roten und orangefarbenen Farbtupfer am Himmel, während die Sonne hinter den Baumkronen vor ihnen unterging. Der kleine Umweg hatte sie weit vom Highway weg und tief in die Landschaft geführt. Es war lange her, dass sie so viele Sterne am Abendhimmel gesehen hatte. Die Lichtverschmutzung in Houston machte sie schon seit Jahrzehnten beinahe unsichtbar.

Als sie den Blick über die Baumkronen im Mondlicht schweifen ließ, fiel ihr ein Vogel im Flug auf. Die Spannweite der Flügel war beeindruckend, und deren anmutige Bewegungen zauberten ein Lächeln auf ihr Gesicht. Für Kate war es ebenso entspannend, freilebende Tiere in ihrem natürlichen Lebensraum umherstreifen – oder in diesem Fall fliegen – zu sehen, wie Zeit in den heißen Quellen zu verbringen. Ihr Herz klopfte aufgeregt, als das, was sie jetzt als Eule erkannte, auf einem tief hängenden Ast am Straßenrand landete.

„Hast du das gesehen?" Joan deutete mit einem Arm in Richtung der Eule.

„Ja, habe ich. Großartig."

Als sie näher kamen und Joans Auto fast unter dem Tier war, erkannte Kate, welche Eulenart ihnen eine Show geboten hatte. Wenn sie sich nicht irrte, gehörte diese spezielle Eule zu den gefährdeten Rassen, die in Texas auf einer Liste standen. Das lag vor allem daran, dass sich diese Tiere ihres Wissens nur selten westlich von Louisiana aufhielten. Als ob die Vögel eine innere Landkarte hätten, machten sie fast immer an der Staatsgrenze Halt.

„Oh, da fliegt er!" Mit ausgestrecktem Arm zeigte Joan in die Richtung, in die der Vogel geflogen war.

Kate seufzte tief, denn ihr war klar geworden, dass sie der Eule folgen wollte. Wenn es um Wildtiere ging, musste sie herausfinden, wo diese zu Hause waren, so auch bei diesem Vogel. Sie zeigte auf einen Feldweg gleich hinter dem Baum. „Folge diesem Vogel!"

Joan wurde langsamer und wandte sich zum ersten Mal, seit sie vom Highway auf die einsame, dunkle, unbeleuchtete Landstraße abgebogen war, an Kate:

„Das soll wohl ein Scherz sein?“

Kate schüttelte vehement den Kopf und deutete weiterhin nach vorn. „Ich muss herausfinden, ob er markiert und geschützt ist.“

Joan seufzte schwer. „Ich schätze, ich sollte dankbar sein, dass du keine gefährdeten Tiere entdeckt hast, bevor wir die Staatsgrenze überquert haben. Ich nehme an, der Grund, warum wir diesen armen Vogel verfolgen, ist, dass er vom Aussterben bedroht ist?“

„Kann sein.“

Diesmal runzelte Joan die Stirn, als sie von der zweispurigen Straße abbog. „Bitte sag mir nicht, dass du nur zum Spaß Vögel beobachten willst.“

„Natürlich nicht.“

„Du weißt doch, dass du nicht im Dienst bist, oder?“

„So etwas gibt es nicht.“ Die Rettung des Planeten war kein klassischer Job wie der einer Empfangsdame in einer Anwaltskanzlei. Sie sorgte sich immer um Tiere, auch wenn sie nicht allen helfen konnte.

„Aha.“ Joan zuckte zusammen, als ihr teures Auto über den unebenen Weg holperte. „Oh, ich hoffe doch sehr, wir bekommen keinen Platten. Hier draußen wird man uns nie finden.“

Einen Moment lang verlor Kate die Eule aus den Augen, und dann, als wüsste das Tier, dass sie es suchte, machte es einen Beinahe-Sturzflug und flog über die Vorderseite des Autos.

„Ich glaube, das ist ein Privatgrundstück.“ Joan umklammerte verzweifelt das Lenkrad, während sie die Umgebung absuchte und bei jedem Schlagloch, über das sie fuhren, heftiger zusammenzuckte. „Wenn irgendein alter Knacker aus seinem Farmhaus rennt und mich erschießt, kannst du meinen Eltern erklären, warum dieser Vogel so wichtig war.“

Für einen kurzen Moment hätte die Vorstellung

eines alternden Ranchers mit einer Pfeife, einem Overall und einer Schrotflinte in der Größe von Texas Kate ihre absurde Verfolgungsjagd beinahe überdenken lassen. Beinahe. „Ich bin sicher, wir schaffen das schon. Jeder Rancher oder Farmer, der etwas auf sich hält, ist bei Sonnenuntergang ins Bett gegangen."

„Das hoffe ich sehr."

„Da!" Kate deutete auf mehrere Gebäude auf einem überwucherten Feld, in denen die Eule verschwunden war. „Dort muss sie nisten."

„Ich dachte, es wäre ein Er?" Joans Stimme war eine Oktave höher, als ihr Auto erneut über ein Schlagloch fuhr.

„Er, sie, ist das wichtig?"

„Für seinen oder ihren Partner schon." Der Humor ihrer Freundin war zurück.

Jetzt musste sie nur noch herausfinden, wie sie das Feld überqueren und sein oder ihr Nest in der Dunkelheit finden konnten. Und was noch wichtiger war – ohne dass Joan sie umbrachte!

KAPITEL ZWEI

Die aufgeschlagene Mappe auf dem Schoß liegend, schüttelte Craig den Kopf. „Notizen? Der Gouverneur ist wirklich ein Meister des Understatements."

Sein Cousin Devlin, der gestern Abend spät zu ihnen gestoßen war, lachte hinter dem Steuer des Ranch-Jeeps. „Ich nehme an, unser geliebter Großvater hat nicht erwähnt, dass er mich seit über einer Woche daran arbeiten lässt."

„Er sagte nur, dass du einige Notizen gemacht hättest." Der Stapel an Unterlagen mit potenziellen Immobilien, die Devlin für die Besichtigung ausgearbeitet hatte, glich eher einer Enzyklopädie. Beim Studieren der Listen war es für Craig ein Leichtes gewesen, zumindest einige zu verwerfen. Sie hatten bereits zwei leer stehende Lagerhäuser in einem älteren Stadtteil südlich der Innenstadt besichtigt, der sich aber zu nahe an einem Hurrikan-Gebiet befand. Nicht, dass Hurrikane in seiner Kindheit nicht zu seinem Leben gehört hätten. Aber die meisten Leute ließen diese Tatsache unerwähnt, ebenso wie die, dass man in Nordtexas nicht an einer Tornado-Straße oder in Kalifornien nicht an der San-Andreas-Spalte leben sollte. Das Risiko war einfach zu groß, und er wollte Mutter Natur nicht auf die Probe stellen.

„Wie weit genau willst du dich hinauswagen?" Dev schaute kurz auf sein Navi. Das nächste Grundstück lag in einem etwas rückständigen Teil der Ortschaft Klein. Was einst das Zentrum der kleinen Gemeinde gewesen sein musste, war baufällig geworden. Das Gebäude, das möglicherweise groß genug für ein Filmstudio war, mit dem er einige Produktionen in seinen Heimatstaat verlegen könnte, war verlockend, aber das galt auch für einige der anderen leer stehenden Gebäude. Auch wenn er wegen eines potenziellen Filmdeals für einen texanischen Star keine Immobilie kaufen oder ein Unternehmen gründen konnte, wenn er sie für sich gewinnen wollte, wäre keines der Lagerhäuser in der Stadt für die Art von Filmen geeignet, die die Diva sich vorstellte.

„Du hast diesen gewissen Ausdruck in den Augen." Sein Cousin schaute nicht einmal in seine Richtung.

„Und welcher wäre das?"

Dev neigte den Kopf kurz zur Seite und verdrehte dann die Augen. „Der, der mir sagt, dass ich jeden Moment mit einer verrückten Idee rechnen muss."

„Warum denn verrückt?"

Sein Cousin schüttelte den Kopf und lächelte. „Vergiss nicht, mit wem du sprichst. Ich war an der einen oder anderen deiner genialen Ideen beteiligt, und dieses besondere Funkeln in deinen Augen kommt nur bei den verrückten vor."

„Wie wäre es mit profitabel?" Meistens hatte gegolten: Je ausgefallener die Idee gewesen war, desto höhere Risiken waren damit einhergegangen. Und je höher das Risiko gewesen war, desto mehr Gewinn war zu erwarten gewesen. Bislang war seine Bilanz nahezu perfekt gewesen.

Dev zuckte mit den Schultern. „Die Erweiterung des einstigen baufälligen Hotels am Straßenrand zum Golfclub-Resort war definitiv ein Volltreffer für Baron Enterprises."

„Und ich war es, der Chase auf die Idee brachte,

sein Unternehmen zu verlegen."

„Stimmt, aber das Hochhaus war seine Idee."

„Und zwar eine gute."

„Das Bergbau-Unternehmen allerdings nicht so sehr."

Die Familienkasse hatte durch dieses Projekt einen leichten Schlag erlitten. Am Ende hatten sie es mit geringen Verlusten aufgeben müssen.

„Also." Dev rutschte nervös auf dem Fahrersitz hin und her. „Möchte ich wissen, was du denkst?"

„Ich frage mich, ob es nicht sinnvoller wäre, etwas weiter außerhalb der Stadt zu wohnen, nahe genug, damit die Crew und andere Mitarbeiter pendeln können. Aber weit genug entfernt, damit wir ein Studio bauen können, das auch andere Filmemacher anziehen würde. Wie in der Stadt, in der *Alamo* gefilmt wurde."

Den Blick auf die Straße gerichtet, runzelte Dev die Stirn. „Kannst du das bitte erläutern?"

„Gibt es irgendwo eine alte Stadt zu kaufen?"

Dev zog abrupt die Augenbrauen hoch. „Stadt?"

„Nichts allzu Großes. Etwas, mit dem man Straßenszenen für Low-Budget-Filme oder Serien drehen könnte."

„Eine Stadt?", wiederholte Dev.

Craig nickte.

Nach etwa einer Minute des Schweigens drehte sich sein Cousin zu ihm und lächelte. „Da hättest du mich fast reingelegt. Guter Scherz."

„Ich habe keinen Witz gemacht."

Dev holte tief Luft. „Nein, ich kenne keine Städte, die zum Verkauf stehen."

„Kannst du eine ausfindig machen?"

Die Furchen zwischen den Brauen seines Cousins wurden tiefer, und er nahm eine Hand vom Lenkrad und strich darüber. „Ich weiß es ehrlich gesagt nicht."

„Okay. Wie wäre es mit einer alten Ranch? Du

weißt schon, nicht so groß wie Paradise Ridge, aber mit vielen Gebäuden. Vielleicht baufällig, aber es bräuchte schon mehr als einen starken Windstoß, um sie umzuwerfen?"

Das Stirnrunzeln seines Cousins schien sich über sein ganzes Gesicht auszubreiten. Er kniff die Augen zusammen und schürzte die Lippen. Craig konnte beim besten Willen nicht sagen, ob er eine Idee hatte oder ob der Mann kurz davor war, einen Muskelkrampf zu kriegen.

Ohne Vorwarnung fuhr Dev an den Straßenrand und blieb stehen. „Gib mir eine Minute." Mit ernster Miene tippte er auf sein Handy, wischte noch ein paar Mal darüber und schaute dann nickend zu Craig. „Ich bin mir nicht sicher, was den starken Windstoß angeht, aber erinnerst du dich an Old Man Martin?"

„Der, der uns als Kinder immer diese Geschichten über die Wildjagd mit Grandmas Vater erzählt hat?"

„Genau. Neulich hat mich einer seiner Enkel angerufen. Die Familie scheint weit verstreut zu sein, und erst als ihr Vater kürzlich starb, wussten die Familienmitglieder, dass sie in diesem Teil des Staates noch eine Ranch besaßen. Auch wenn sie nicht in einem ziemlich schlechten Zustand wäre, würde sie niemand haben wollen."

„Niemand?"

„Überhaupt niemand."

Diese Worte waren für Craig ein Synonym für günstige Preise. Er lehnte sich zurück, grinste seinen Cousin an und verkündete: „Lass uns ein Geschäft machen!"

Sie fuhren etwas mehr als eine halbe Stunde weiter, da bog Dev auf einen unbefestigten Weg, der wahrscheinlich seit Jahrhunderten nicht mehr eben gewesen war. „Ich bin mir ziemlich sicher, dass das letzte Fahrzeug, das sich durch diese Spurrillen gearbeitet hat, ein Planwagen gewesen sein muss."

Dev nickte und hätte sich fast den Kopf gestoßen, als sie über ein unerwartet tiefes Schlagloch fuhren. „Ich bin geneigt, dir zuzustimmen."

Die Neugierde hatte Craig gepackt. Er hatte keine Ahnung, wo die Grenzen begannen und wo sie endeten, aber er konnte mit Sicherheit davon ausgehen, dass das gesamte Land von den zerbrochenen Zaunpfählen entlang der Straße bis zu den Gebäuden in der Ferne zu der Ranch gehörte. Das Gefühl, das ihn überkam, wenn etwas sehr richtig war, machte sich in seiner Brust breit. Er war noch nicht bereit zu grinsen, aber er konnte sich bereits die Möglichkeiten ausmalen. Von der traditionellen überdimensionalen roten Scheune über das, was zweifellos einmal eine Räucherei gewesen sein musste, bis hin zum Silo – oder dem, was davon übrig war –, zu den Kutschenschuppen und zu der alten Ranch. In seinem Kopf hatte er die Kutschenschuppen bereits als seine Büros auserkoren. Er vermutete, dass es sich bei dem Haupthaus um eines aus der Mitte des vergangenen Jahrhunderts handelte, für das die Leute in der Gegend unabhängig vom Zustand viel Geld bezahlt hätten.

„Wohin willst du zuerst gehen?"

Die Sonne schien bereits über den Horizont. Sie hatten ein Zeitfenster von zwanzig, höchstens dreißig Minuten, um das Gelände abzusuchen. Die große Holzkonstruktion vor ihnen musste der Hauptbereich sein, der für die Tonbühnen benötigt werden würde. Er könnte sie sogar scheunenrot streichen, damit sie kein Schandfleck wäre. „In die Scheune."

Dev hielt auf der einzigen Stelle des Parkplatzes an, die nicht mit Gras überwuchert war. Er beugte sich vor, öffnete das Handschuhfach und reichte seinem Cousin eine Neun-Millimeter-Handfeuerwaffe. „Nimm die mit! In diesem hohen Gras gibt es vielleicht

Klapperschlangen. Ich werde das Auto jetzt wenden und vorn parken, damit wir schneller wieder herausfahren können."

Kopfschüttelnd drückte Craig sanft die Hand seines Cousins und damit die Waffe von sich weg. „Und was ist, wenn es zwischen dem Haus und hier eine ganze Armada von Klapperschlangen gibt? Wir parken zusammen um und laufen dann beide zur Scheune."

„Hat dir schon mal jemand gesagt, dass du ein sturköpfiger Esel bist?"

„Noch nie." Er grinste, und sein Cousin verdrehte die Augen. Weitere Worte waren nicht nötig, wahrscheinlich, weil Dev genauso gut wie er wusste, dass er recht hatte. Niemand in dieser Gegend ging ohne eine Waffe durch hohes Gras. Niemals.

Nach dem Umparken stiegen sie aus und suchten die unmittelbare Umgebung ab. Craig schnappte sich einen heruntergefallenen Ast in der Nähe, riss ein paar Zweige ab und schlug auf das Gras, in der Hoffnung, unerwünschte Reptilien zu verscheuchen.

Kaum hatten sie das baufällige Gebäude erreicht, summte Devs Handy in seiner Tasche. Er schaute kurz aufs Display, dann blieb er stehen und hielt einen Finger hoch. „Ich muss da rangehen. Geh du schon mal rein!"

Es wurde langsam dunkel, und Craig wartete einige Sekunden, bis sich seine Augen an das spärliche Licht gewöhnt hatten. Dann machte er vorsichtig einen Schritt durch die Türöffnung. Zu seiner Rechten war eine fest verschlossene Tür, die noch in den Angeln hing, aber das Scheunentor lehnte an star Seite. Nichts von alledem minderte sein Interesse an diesem Anwesen. Von Bedeutung war für ihn nur, wie weit es von der Stadt entfernt war, wenn man den direkten Weg nehmen würde.

Als er zu den Dachbalken hinaufschaute, stolperte

er über etwas auf dem Boden. Ein ziemlich großes Etwas, das sich zwischen seinen Füßen verheddert hatte und ihn wie eine riesige Fahnenstange hin und her schwanken ließ. Nach einer weiteren Sekunde schaffte er es, sein Gleichgewicht wiederzuerlangen und den Gegenstand, der ihn hatte stolpern lassen, genauer in Augenschein zu nehmen. Ein Schlafsack?

Es handelte sich nicht um ein zerfranstes Überbleibsel aus längst vergangenen Zeiten, sondern um einen glänzenden, warmen und ziemlich gut isolierten Schlafsack zum Campen. Als er sich umsah, entdeckte er eine kleine Kühlbox und eine batteriebetriebene Laterne. Was zum Teufel war hier los? Er schaute vom Boden auf und wünschte sich, er hätte daran gedacht, Devlin die Waffe abzunehmen. Wer auch immer hier übernachtete, konnte so harmlos sein wie ein Schmetterling oder so gefährlich wie ein zu früh geweckter Bär im Winterschlaf. *Verdammt!*

Er war sich nicht sicher, ob er herausfinden wollte, wer hier kampierte, oder ob er einfach nur abhauen und bei Tageslicht auf Erkundungstour gehen wollte. Craig blinzelte, als die Sonne schließlich hinter dem Horizont verschwand und die Umgebung in fast völlige Dunkelheit tauchte. Genau das, was er gebraucht hatte. Er machte einen Schritt zurück und hoffte, dass sich seine Augen wieder an die Dunkelheit gewöhnen würden. Ein Vollmond würde helfen, aber er war sich ziemlich sicher, dass das heute Nacht nicht der Fall sein würde. Ein weiterer Schritt, und er fragte sich, warum er ausgerechnet heute sein Handy in Devs Auto hatte aufladen lassen, anstatt es wie sonst in seine Brusttasche zu stecken. Ein weiterer Schritt, und er drehte sich auf dem Absatz um, in der Hoffnung, seinen Cousin und sein Telefon in der Ferne zu sehen, aber dann stolperte er erneut.

Diesmal prallte er gegen etwas, das fast so groß

war wie er, aber viel weicher. Bevor er ein Keuchen oder ein warnendes Wort ausstoßen konnte, hallte ein tiefes, lautes Knurren durch die Scheune, während gleichzeitig eine harte Oberfläche auf seinem Rücken landete und ihn vor Schmerz nach vorn kippen ließ, Sekunden bevor ein weiterer Gegenstand von der Stärke eines Ziegelsteins hart seinen Nacken traf und ihn zu Boden schleuderte. In diesem Moment schien ein schlafender Bär gar nicht mal so schlimm zu sein.

„Was zum Teufel?", knurrte eine Männerstimme über den hellen Lichtblitz hinweg, der Kate kurzzeitig blendete, bevor er einen kleinen Bereich vor ihr erhellte. Jetzt konnte sie einen gut gekleideten Mann sehen, der auf dem Boden lag, aber nicht, woher die Stimme gekommen war. Als sie beschlossen hatte, zur Scheune zurückzukehren und dort zu übernachten, nachdem sie und Joan die Spur der Eule verloren hatten, war sie darauf vorbereitet gewesen, hier eine ganze Weile zu warten, bis Mr. oder Mrs. Eule auftauchen würde. Sie hatte jedoch nicht damit gerechnet, dass jemand hier herumschnüffeln würde.

„Craig, alles in Ordnung?" Dieselbe Stimme wurde lauter, und ein Schatten verdunkelte den ohnehin schon düsteren Türrahmen.

„Mach das Ding aus!" Der auf dem Boden liegende Mann rappelte sich auf, hielt sich eine Hand an den Kopf und deutete mit der anderen in Richtung der Taschenlampe. „Mein Schädel hämmert wie verrückt, und das Licht macht es nur noch schlimmer."

„Kommen Sie nicht näher!" Sie konnte genauso gut mit einer Handfeuerwaffe schießen wie ihr Ausbilder, manchmal sogar besser, aber es war das erste Mal, dass sie sie auf ein Lebewesen richten musste. Hoffentlich konnten sie nicht sehen, wie sehr ihre Hände zitterten, oder dass die Waffe noch gesichert war.

Der Mann kam auf die Beine, eine Hand immer noch um den Nacken geschlungen, die andere entweder in einer Geste der Kapitulation oder, um das Licht abzublocken, hochhaltend. Er murmelte: „Ich würde das lieber nicht tun."

„Was zum Teufel ist hier los?" Die Taschenlampe des Handys des anderen Mannes schwenkte auf sie.

„Seltsam …" Nicht wirklich, dachte sie. „Das habe ich mich auch schon gefragt. Wer sind Sie und was machen Sie hier?"

Der Mann mit dem hämmernden Schädel streckte seine freie Hand aus. „Ich bin Craig Baron. Das ist mein Cousin Devlin. Wenn Sie bitte die Waffe weglegen würden, können wir alles erklären."

Craig Baron? Seit ihrer Studienzeit waren gefühlt hundert Jahre vergangen. Sie hatte vieles vergessen, aber die gut aussehenden Männer, die in dem Stadthaus um die Ecke ein und aus gegangen waren, gehörten nicht dazu. Schon gar nicht der aus ihrem Kurs für spanische Literatur. Blinzelnd neigte sie den Kopf in Richtung des Mannes mit der Taschenlampe. „Richten Sie sie auf sein Gesicht!"

Derjenige, den Craig als Devlin vorgestellt hatte, tat, was ihm gesagt worden war.

„Hey!", knurrte Craig seinen Cousin an.

Jetzt konnte sie sehen, dass es sich eindeutig um den Craig Baron handelte, den sie vor vielen Jahren kennengelernt hatte – mehr oder weniger. Ja, er war definitiv ein paar Jahre älter, ein bisschen weniger schlaksig, aber dieses Gesicht, das einem Magazincover würdig war, konnte man nicht vergessen.

„Auf wessen Seite stehst du?", schnauzte ihr ehemaliger Kommilitone.

„Auf derjenigen von der Dame mit der geladenen Waffe, die auf uns gerichtet ist." Das Grinsen auf Devlins Gesicht war alles andere als schuldbewusst. Sie würde sogar beinahe behaupten, dass es so aussah, als würde Craigs Cousin den Moment genießen.

Wer hätte gedacht, dass sie eines Tages einen Baron, und zwar Craig Baron, in einer Scheune mitten im Nirgendwo mit Karateschlägen niederstrecken würde? Sie seufzte schwer und ließ die Waffe sinken. „Es tut mir leid. Ich bin Kate Donovan."

Craig nickte. „Entschuldigung angenommen."

„Sind Sie mit dem alten Martin verwandt?", fragte Devlin.

Dem alten Martin? „Mit wem?"

„Ich vermute mal, das ist ein Nein?", antwortete Craig für seinen Cousin.

„Der alte Martin war früher der Besitzer dieses Hauses. Jetzt gehört es seinen Erben." Jetzt, da die Lage klar war, trat Devlin einen Schritt näher an seinen Cousin heran, sprach aber weiterhin mit ihr. „Wenn Sie keine Erbin sind, was tun Sie dann hier?"

„Ich muss Fotos für den Verein für Fische und andere Wildtiere machen."

Craig lachte. „Ich weise nur ungern auf das Offensichtliche hin, aber es gibt weder Wasser noch Fische in der Nähe dieses Ortes."

„Das weiß ich." Sie verdrehte die Augen. War er auf dem College schon so begriffsstutzig gewesen? Alles, was sie je gesehen hatte, waren diese funkelnden blauen Augen, die ihre Knie hatten weich werden lassen, egal, wie weit entfernt er gestanden hatte, und das gewellte kastanienbraune Haar, durch das sie am liebsten mit den Fingern gefahren wäre. Es schmerzte sie beinahe, dass er es jetzt in einem ordentlichen Kurzhaarschnitt trug, der eher zu einem Geschäftsmann als zu einem College-Studenten passte.

„Entschuldigung. War nicht böse gemeint." Craig breitete die Arme aus. „Aber warum arbeiten Sie mit dem Verein für Fische und andere Wildtiere zusammen?"

„Wegen der Eule."

„Eule?", wiederholten die beiden Männer.

„Da oben." Sie deutete auf die hintere Ecke, wo ein großer Vogel ein Nest gebaut hatte, auf das die Eule einen Anspruch erhoben hatte.

Die beiden Männer schauten in die Richtung, in die sie zeigte.

„Ich kann nichts sehen." Craig blinzelte in die Dunkelheit.

„Sehen Sie genauer hin."

In diesem Moment waren nur zwei leuchtend gelbe Kugeln zu sehen, die ebenso schnell wieder verschwanden, als der Vogel seine Augen wieder schloss.

„Sie ist wahrscheinlich unzufrieden mit dem Krach, den Sie verursachen."

„Wir?" Craigs Augen waren fast so rund wie die der Eule. „Wir sind nicht diejenigen, die Sie mit Ninja-Moves überfallen haben."

„Ja." Sie zuckte zusammen. „Das tut mir wirklich leid."

„Nun, da wir das geklärt haben." Devlin trat einen Schritt vor. „Wissen die Martins, dass Sie eine Pyjamaparty mit ihrer Eule veranstalten?"

„Es ist nicht *ihre* Eule."

„Zur Kenntnis genommen. Mit *einer* Eule?"

Es blieb ihr nichts anderes übrig, als mit den Schultern zu zucken. Tatsache war, dass sie sich nicht viel Mühe gegeben hatte, die Besitzer ausfindig zu machen. In Anbetracht des baufälligen Zustands hatte sie das Anwesen für verlassen gehalten. „Diese Eulen und ihre Nester sind durch Bundesgesetze geschützt."

„Na ja, die da kann sich woanders schützen lassen." Craig schaute zu der Ecke, in der sich die Eule niedergelassen hatte.

Die Hände in die Hüften gestemmt, schüttelte sie den Kopf. „So funktioniert das nicht. Natürliche Lebensräume dürfen nicht gestört werden."

„Mag sein, aber wenn alles so läuft, wie ich es mir vorstelle, gehört dieser Ort in weniger als zehn Tagen mir, mit allem Drum und Dran. Und die Eule ist nicht willkommen."

Sie hatte diesen Kerl wirklich nicht als so … arrogant in Erinnerung gehabt. Ja, sie wusste, dass seine Familie viel Geld besaß, aber anscheinend ging damit auch ganz schön viel Überheblichkeit einher. Wenn man einem Zwanzigjährigen im Seminarraum gegenübersaß, konnte man natürlich nicht unbedingt in seine Seele blicken. „Wenn in dem Nest Eier sind, haben Sie keine andere Wahl."

Craig kniff die Augen zusammen, und einige Sekunden lang fragte sie sich, ob er sie vielleicht wiedererkannt hatte. Doch dann wurde sein Gesicht völlig ausdruckslos, und sie verwarf den Gedanken wieder. Er schüttelte den Kopf. „Man hat immer eine Wahl."

Ja, sie hatte ihn definitiv nicht als herrisch oder arrogant in Erinnerung, aber anscheinend war er beides. Und wenn er tatsächlich in absehbarer Zeit die alte Scheune übernehmen sollte, stand ihm auch eine große Überraschung bevor.

KAPITEL DREI

Craig hätte nicht im Traum damit gerechnet, dass er heute auf die schöne Rothaarige aus seinem College-Kurs über spanische Literatur treffen würde. Es hatte ein paar Minuten gedauert, bis ihm eingefallen war, woher er sie kannte. Das nur knapp schulterlange Haar hatte ihn verwirrt, aber selbst mit den einst funkelnden, jetzt sorgenvoll dreinblickenden Augen war dieses Gesicht nicht zu verkennen. Als ihm klar geworden war, dass es sich tatsächlich um dieselbe Rothaarige handelte, dachte er an den ersten Kurstag. Nach einem Sommer voller langer Nächte und später Morgenstunden hatte er sich nur widerwillig aus dem Bett gehievt. Noch müde von der vorherigen durchzechten Nacht, hatte er sich aufgesetzt wie ein gut dressierter Hund, sobald er sie erblickt hatte.

Als heißblütiger Mann hatte er das feuerrote Haar nicht übersehen können. Es hatte bis zu ihrer Taille gereicht, die sich wiederum zu einladenden Hüften ausgeweitet hatte. Er war so fasziniert von ihrer Schönheit gewesen, dass sein Kumpel ihn mit dem Ellbogen angestoßen und etwas von *Zunge wieder in den Mund schieben* gemurmelt hatte.

Er hatte sich maßlos über sich selbst geärgert, weil er sie nicht angesprochen hatte. Nicht, dass er eine Ahnung gehabt hätte, was er hätte sagen sollen, aber dennoch war er den ganzen Nachmittag auf dem Campus herumgelaufen und hatte sie gesucht. Als er in seiner letzten Vorlesung des Tages gesessen hatte, hätte er sich beinahe verschluckt. Ebendiese Rothaarige war durch die Tür gekommen. Da er sie vorher nur von hinten gesehen hatte, war er von ihren funkelnden grünen Augen und ihrem strahlenden Lächeln völlig überwältigt gewesen.

Die Kehrseite der Medaille – das Leben hatte die Angewohnheit, immer eine Kehrseite zu bieten – war gewesen, dass direkt hinter ihr ein großer Mann, den die meisten Frauen wahrscheinlich als sexy bezeichnen würden, etwas gesagt hatte, das sie zum Lachen gebracht hatte. Craig erinnerte sich noch gut an das seltsame Gefühl der Irritation, das ihn überkommen und dazu gebracht hatte, den Kerl anknurren zu wollen. Stattdessen hatte er jedoch zugesehen, wie sie neben Mr. Sexy Platz genommen hatte. Sie hatte gelacht, gekichert, war rot geworden, und ein paar Mal hatten sie sich zueinander gebeugt, um sich etwas zuzuflüstern, das niemand sonst hatte hören sollen. Mit anderen Worten, seine betörende Rothaarige war vergeben gewesen.

Das ganze Semester über hatte er die beiden beobachtet und darüber nachgedacht, ob er sich nicht doch einmischen und sie um ein Date bitten sollte. Allerdings hatte es da zwei Hindernisse gegeben. Erstens hatte er gewusst, dass sowohl seine Mutter als auch seine Großmutter ihn hart dafür bestrafen würden, dass er das Mädchen eines anderen Mannes abgeworben hatte. Zweitens hatte er nicht als ein Spross des Schürzenjägers, der sein Vater gewesen war, angesehen werden wollen. Craig war zwar tatsächlich kein Womanizer gewesen, allerdings auch kein Kind von Traurigkeit. Aber er hatte sie letztlich nicht angesprochen. Nicht einmal gegen Ende des Semesters, als er sie und Mr. Sexy die Straße hatte hinaufgehen sehen und erkannt hatte, dass sie nur zwei Türen weiter in demselben Stadthaus wohnte, das er sich mit seinen Mitbewohnern teilte.

Obwohl er es nur ungern zugab, hatte er bis zu seinem Abschluss auf dem Campus nach ihr Ausschau gehalten, aber er war ihr nie wieder begegnet. Bis heute hatte er nicht einmal ihren vollen Namen gekannt, außerdem keine Ahnung, ob sie sich von Mr. Sexy getrennt oder ihn geheiratet hatte. Er konnte nicht widerstehen, einen kurzen Blick auf ihre linke Hand zu werfen. *Kein Ring.*

Er schämte sich ein wenig, dass er vor Erleichterung am liebsten die Faust in die Luft gereckt hätte. Seit dem College und dem Kurs über spanische Literatur sowie dem alten Stadthaus waren viele Jahre vergangen. Abgesehen davon, dass sie wahrscheinlich die schönste Frau war, die er je gesehen hatte, wusste er nur sehr wenig über sie. Etwas, das er unbedingt zu korrigieren gedachte.

„Ich hasse es, der Überbringer schlechter Nachrichten zu sein." Devlin räusperte sich. „Aber das ist unerlaubtes Betreten."

Kates Augen wurden so groß wie die der Eule, die nun desinteressiert auf sie herabblickte. „Ich bin … Ich meine …" Sie versteifte sich, und ihre Augen funkelten wieder. „Ich bin sicher, wenn die Besitzer erst einmal wissen, dass eine geschützte Tierart auf ihrem Grundstück nistet, werden sie nichts dagegen haben, dass ich hier bleibe, bis ich ein paar anständige Fotos gemacht habe."

„Vielleicht, aber ich fürchte, da ich jetzt weiß, dass Sie ohne die Erlaubnis meiner Kunden hier sind, muss ich entweder warten, bis Sie gegangen sind, oder die Polizei rufen."

Sie richtete sich auf und schien dabei noch einen Zentimeter zu wachsen. „Nicht nötig. Ich werde gehen." Mit einer ruckartigen Bewegung griff sie nach dem Schlafsack zu ihren Füßen.

Craig eilte zu ihr. „Lassen Sie mich Ihnen helfen, Ihre Sachen zusammenzupacken."

„Ich brauche keine Hilfe, Mr. Baron."

Er zuckte zusammen, denn sein Name hatte noch nie zuvor so abweisend geklungen. „Bitte nennen Sie mich Craig."

Sie hob eine Augenbraue und funkelte ihn mit ihren grünen Augen an. „Das wird nicht nötig sein."

Mit den wenigen Sachen beladen, die sie zusammengerafft hatte, drehte sie sich auf dem Absatz um, reckte das Kinn in die Höhe und fauchte Devlin an: „Sagen Sie Ihren Kunden, dass sie bald vom Tierschutzverein hören werden." Ohne auf seine Antwort zu warten, stürmte sie hinaus.

Als ein Motor aufheulte, wurde ihm klar, dass sie ihr Auto hinter der Scheune und damit außerhalb der Sichtweite der Straße geparkt hatte. „Sie schien ziemlich sauer zu sein."

Dev nickte.

„Mussten wir sie unbedingt rauswerfen?"

Sein Cousin drehte langsam den Kopf zu Craig und warf ihm einen stählernen Blick zu, im Vergleich zu dem Kates Ausdruck geradezu freundlich gewirkt hatte. „Du musst dich vielleicht vor niemandem verantworten, aber ich habe eine Lizenz, die ich gern behalten würde. Was, wenn sie etwas getan hätte, was den Laden abgefackelt oder in irgendeiner anderen Weise beschädigt hätte?"

„Das wäre nicht passiert."

„Und woher weißt du das?"

Einen Moment lang überlegte er, ob er seinem Cousin sagen sollte, dass es sich nur um eine Vermutung handelte, aber er wollte ihn eigentlich nicht anlügen. „Wir waren zusammen auf dem College. Sie ist ein nettes Mädchen." Beziehungsweise *war*.

„Komisch, sie hat gar nicht gesagt, dass sie dich kennt."

Craig zuckte mit den Schultern. „Das liegt vielleicht daran, dass sie damals nicht wusste, dass ich überhaupt existiere."

„Das muss das einzige Mal gewesen sein, dass dir das passiert ist." Belustigung funkelte in Devlins Augen. „Trotzdem, wenn die Besitzer herausfinden, dass ich wusste, dass sie hier war, würde ich bald an einer Straßenecke Designer-Imitate verkaufen müssen."

„Gut, ich hab's kapiert. Aber ich meinte das, was ich vorhin gesagt habe, ernst. Lass uns die Besichtigung abbrechen. Dann will ich alles über das Grundstück wissen, von den Umbaurechten bis hin zu diversen geschützten Tierarten, die meine Pläne durchkreuzen könnten."

Dev nickte. „Wenigstens kann man sich einer Sache sicher sein."

„Und welche wäre das?"

„Es wird keine vertraglichen Einschränkungen geben, die den Bau eines Filmstudios verbieten."

Und genau das war der Grund, warum er sich in der Nähe von Houston umgesehen hatte und nicht näher an seinem Haus in Austin. Nicht nur, dass er viel mehr Zeit auf der Ranch als in seinem Stadthaus verbrachte, auch die bürokratischen Hürden nervten ihn. Austin war eine Meisterin der Genehmigungen. Außerdem bot dieses nicht gerade kleine Grundstück gewisse Vorteile. Es gab weder eine Hausbesitzervereinigung noch Nachbarn, die sich bei der Stadt über Unannehmlichkeiten wie unerlaubt geparkte Autos oder helle Lichter, die die Nacht zum Tag machten, beschweren könnten. Schade nur, dass es keine nahe gelegene Stadt und auch nicht die hübsche Rothaarige mit dem feurigen Temperament gab.

„Will ich wissen, warum du mit diesen armen Töpfen um dich wirfst, als wären sie Massenvernichtungswaffen und du eine Terroristin, die die Welt in die Luft jagen will?"

Kate biss sich auf die Lippe und drehte sich zu ihrer Mitbewohnerin um. „Sie haben mich rausgeworfen."

„Wer?" Joan kniff die Augen zusammen, machte einen Schritt nach vorn und stemmte die Hände in die Hüften. „Muss ich Tiny anrufen, damit er jemanden verprügelt?"

Kate wusste nicht, ob sie lachen, die Augen verdrehen oder sich bei dem mittlerweile kochenden Topf Wasser entschuldigen sollte. „Wir haben Tiny seit Jahren nicht mehr gesehen."

„Das liegt nur daran, dass er wegen dieses kleinen Missverständnisses in den Knast wandern musste."

„Missverständnis?" Diesmal hätte Kate angesichts der Verharmlosung ihrer Freundin, was die Fehltritte anderer betraf, beinahe laut aufgelacht. Bis heute hatte Kate keine Ahnung, wie Tiny wirklich hieß oder wie der 1,90 Meter große, stämmige junge Mann mit dem rasierten Schädel, Ohrring, Tattoos und Lederaccessoires jemals zu einem so unpassenden Spitznamen gekommen war. „Er ist wegen schweren Autodiebstahls eingebuchtet worden."

„Sein Bruder sagte mir, dass Tiny keine Ahnung hatte, dass das Auto gestohlen worden war. Außerdem sollte er schon längst wieder draußen sein, und du weißt, dass er immer eine Schwäche für dich hatte."

Schwäche war eine Untertreibung. Zuerst hatte der Anblick ihres Nachbarn sie zu Tode erschreckt, aber es hatte nicht lange gedauert, bis sie erfahren hatte, dass hinter Tinys rauer und harter Fassade ein sehr zärtlicher und rücksichtsvoller Kerl steckte. Ein richtiger Gentleman. Wenn er sie in die Einfahrt hatte fahren sehen, war er sofort zur Stelle gewesen, um ihr mit den Lebensmitteln oder anderen Tüten zu helfen oder ihr einfach die Tür aufzuhalten. Das erste Mal hatte er das getan, als sie auf dem Beifahrersitz nach ihrer Handtasche gegriffen hatte. Er hatte die Autotür aufgerissen, sodass sie fast auf seine Militärstiefel gefallen wäre.

„Also", Joan grinste sie an, „auf wen hetzen wir Tiny?"

„Wir hetzen ihn auf niemanden. Ich bin heute Nachmittag zurück zur Scheune gefahren, bereit, notfalls die ganze Nacht dort zu kampieren und darauf zu warten, dass der Vogel das Nest verlässt, damit ich ein paar Fotos machen kann. Ich wollte nachsehen, ob die Eule markiert ist und ob sich Eier im Nest befinden."

„Und wenn ja? Was hättest du tun wollen?"

„Ich muss eigentlich gar nichts tun." Genau genommen befand sich der Vogel in freier Wildbahn in einem relativ unberührten Gebiet, und sie konnte sich einfach fernhalten und auf das Beste hoffen. Schließlich hatten die meisten Eulen nicht viele natürliche Feinde. Aber es waren die potenziellen Eulenbabys, die ihr Sorgen bereiteten. Sie wären ein gefundenes Fressen für Kojoten und andere wilde Tiere, die sich in dieser Gegend herumtrieben.

„Dann solltest du vielleicht aufhören, es an dieser armen Pfanne auszulassen." Joans schiefes Grinsen brachte sie zum Lachen.

Sie atmete tief durch, stellte die Flamme unter dem Wassertopf kleiner und die Bratpfanne sachte auf den Herd. „Jetzt muss ich nur noch herausfinden, wie ich zurück in die Scheune komme und das Nest überprüfen kann.“

„Ich weiß, dass es deine Aufgabe ist, die Umwelt zu schützen, aber in diesem Fall glaube ich, dass es den Babys auch ohne dein Eingreifen gut gehen wird.“

„Ich weiß.“ Kate schabte das rohe Hamburgerfleisch in die Pfanne und begann, Zwiebeln zu würfeln. „Aber du weißt, dass ich nicht anders kann. Jemand muss sich ja für die Tiere einsetzen.“

„Und du machst das so schön.“ Joan grinste und schnupperte an dem brutzelnden Fleisch und den Gewürzen. „Obwohl ich zugeben muss, dass es irgendwie angenehm ist, wenn du genervt bist und anfängst zu kochen. Ich liebe deine Spaghetti!“

„Ich hoffe, du magst meine Lasagne auch, denn die mache ich gerade.“

„Lecker. Die mag ich noch lieber.“ Joan schnappte sich eine Handvoll Mandeln aus einer Schale in der Nähe. „Jetzt, wo es sicher ist, in deiner Nähe zu stehen, während du ein Messer in der Hand hältst – was wirst du als Nächstes tun?“

„Ich bin mir nicht sicher. Vielleicht wende ich mich an Craig.“

„Craig?“

Kate nickte. „Der Mann, der mich aufforderte zu gehen, ist Craig Barons Cousin.“

Joan verschluckte sich fast an den Mandeln, die sie sich gerade in den Mund geworfen hatte, und starrte Kate mit großen Augen an. „Groß, dunkelhaarig und in Geld schwimmend, dieser Craig Baron?“

Kate nickte erneut.

„Der mit den vielen süßen Brüdern?“

Wieder nickte Kate.

„Wow!“ Joan ließ sich auf einen Hocker fallen und lehnte sich an die Kücheninsel. „Der gut aussehende Craig Baron aus deinem Literaturkurs am College. Wer hätte das gedacht?"

Joan hatte den Nagel auf den Kopf getroffen. Wer hätte gedacht, dass sie Craig Baron jemals wieder begegnen würde? Und wer hätte gedacht, dass sie jemals die Chance haben würde, Craig in den Hintern zu treten?

„Du lächelst." Joan hielt in ihrer Bewegung inne, sich eine mit Schokolade überzogene Mandel in den Mund zu schieben. „Was verschweigst du mir?"

Kate vermischte das Hackfleisch mit der Soße und stellte die Flamme auf die niedrigste Stufe, dann wandte sie sich an ihre langjährige Freundin: „Erinnerst du dich an den Selbstverteidigungskurs, den wir vergangenes Jahr gemacht haben?"

Joan nickte. „Auch an alle blauen Flecken."

„Nun", ihr Grinsen wurde breiter, „die gelernten Bewegungen funktionieren."

„Ich verstehe das nicht." Joan blickte verwirrt drein.

„Er hat mich erschreckt, und ich habe ihn daraufhin niedergestreckt."

Joan riss vor Erstaunen die Augen weit auf. „Du machst Witze?"

„Nö." Sie verrückte den Deckel des Kochtopfs, damit er nicht überkochte. „Ich habe vielleicht ein bisschen überreagiert, aber er hat mich schließlich überrumpelt."

„Hey, das ist ja super! Ich hoffe, wir müssen nie herausfinden, ob ich in dem Kurs auch etwas gelernt habe."

Die beiden kicherten. Aber Joan hatte in einem Punkt recht, die Überwachung einer nistenden Eule war nicht ihre Aufgabe. Andererseits würde es auf der Welt deutlich weniger gefährdete und aussterbende Arten geben, wenn sich alle Menschen um geschützte Brutstätten kümmern würden. Jetzt musste sie nur noch herausfinden, was sie als Nächstes tun und wie nah sie Craig Baron wirklich kommen wollte. Doch wenn sie sich zwischen Craig und den Eulen würde entscheiden müssen, hatte Mr. Bossy Baron keine Chance.

KAPITEL VIER

Die vergangene Woche war zermürbend gewesen. Obwohl er das für ihn nicht die am besten geeignete Methode war, behielt er die beiden laufenden Produktionen per Videoanruf im Auge. Nach wenigen weiteren Tagen, in denen er jede verfügbare Stunde damit verbracht hatte, Verkaufsmöglichkeiten im Umkreis von fünfzig Meilen zu durchforsten, war ihm klar geworden, dass ihm nichts so sehr gefiel wie das Martin-Anwesen. Die Eule musste einfach einen anderen Platz zum Schlafen finden.

„Du hast wieder diesen angespannten Gesichtsausdruck. Denkst du über etwas nach?" Devlin betrat das Büro und ließ einen Stapel Papiere auf den Schreibtisch neben seinem Cousin fallen. „Es bedurfte einer ausgeklügelten Strategie, aber als ich den Testamentsvollstrecker auf unsere Seite gebracht hatte, konnte er die Erben davon überzeugen, dass sie durch Warten kein besseres Angebot bekommen würden. Außerdem wäre es in ihrem besten Interesse, das Geld zu nehmen und zu verschwinden. *Ich* bin allerdings nicht überzeugt, dass dies der richtige Schritt für dich ist."

Um ehrlich zu sein, war sich Craig nicht ganz sicher, ob der Kauf des Martin-Hauses – mit Eule und allem Drum und Dran – die beste Entscheidung sein würde, die er je getroffen hatte, aber nichts anderes passte so gut in seine Pläne. Er hatte sich bereits mit einigen seiner Cousins aus dem Baugeschäft in Verbindung gesetzt und Schätzungen eingeholt, was etwas in der Größenordnung, wie er es sich vorstellte, kosten könnte. Es war zwar eine Menge Geld, aber die Aussicht auf eine gute Rendite konnte er sich nur schwer entgehen lassen. Vor allem, wenn man die Projekte bedachte, die er am Laufen hatte. Aber vor allem wäre dies eine hervorragende Gelegenheit, der Diva etwas zu bieten, was sonst niemand konnte – einen Film, der ausschließlich im Bundesstaat Texas produziert werden würde. Außerdem würde ein Blockbuster Wunder bewirken und sein zukünftiges Studio sofort an die Spitze der gefragten Drehorte katapultieren.

Dev, der ihm gegenübersaß, legte einen Knöchel auf ein Knie und lehnte sich zurück. „Machst du dir Sorgen wegen der Eule?"

„Nein."

„Du weißt, dass du nicht an der Scheune bauen kannst, wenn Eier in dem Nest sind."

„Wir können mit den anderen Gebäuden beginnen, bis ich den Umzug organisiert habe."

Dev verdrehte die Augen. „Wenn diese Frau den Verein für Fische und andere Wildtiere einschaltet, braucht man einen Akt Gottes, um das Vogelnest zu entfernen."

„Mag sein." Wenn er eines im Leben gelernt hatte, dann, dass das alte Sprichwort *wo ein Wille ist, ist auch ein Weg* sehr zutreffend war. Es kommt nicht darauf an, was man weiß, sondern wen man kennt, und er machte sich nicht die geringsten Sorgen, dass eine kleine Eule seine Pläne durchkreuzen könnte. Wieder einmal kamen ihm Visionen von Kate Donovan in den Sinn. In den vergangenen Tagen hatte Craig mehrmals zum Telefon gegriffen und überlegt, ob er sie anrufen sollte. Es war gar nicht so schwer gewesen, ihre Telefonnummer herauszufinden. Vor Jahren, als jemand versucht hatte, Mitch wegen einer erfundenen Indiskretion zu erpressen, hatte sich der Gouverneur an einen ehemaligen Navy Seal gewandt. Luke Brooklyn Chapman hatte sich als besser in seinem Job erwiesen, als der Gouverneur gedacht hatte, und er und Craig hatten sich gut verstanden. Bis zum heutigen Tag waren sie Freunde geblieben. Nach Craigs Anruf hatte Brooklyn gerade mal dreißig Minuten gebraucht, um Kates private Handynummer ausfindig zu machen. Weitere vierundzwanzig Stunden später hatte Craig ein komplettes Dossier über sie. Nicht, dass es viel zu berichten gäbe, aber er wusste, wann und wo sie geboren worden war, wo sie ihren MBA gemacht und für wen sie gearbeitet hatte, bis sie ihre eigene Firma gegründet hatte. Außerdem, dass sie als eine der besten Berater für Umweltfragen galt, wenn es darum ging, als Expertin vor Gericht aufzutreten. Sie war nicht nur dahingehend die Beste, Tiere zu Lande, zu Wasser oder in der Luft zu retten, sie war auch verdammt gut darin, die Bösewichte, die den Lebensraum von Tieren und Menschen zerstörten, sozusagen aus dem Weg zu räumen. Er hoffte nur, dass es nicht dazu kommen würde, dass *er* einer der Bösewichte wurde.

In dem Bericht wurde auch erwähnt, dass sie nie verheiratet gewesen war, allerdings gab es keine Hinweise, was mit Mr. College-Hottie oder seinen möglichen Nachfolgern geschehen war. All das hatte nichts mit seinen aktuellen Immobilienplänen zu tun. Jegliche Zweifel, die er gehabt hatte, waren verschwunden, da er wusste, dass der Deal zustande kommen würde. Ob mit oder ohne Vogel, dies war das perfekte Gelände, um ein weiteres Baron-Unternehmen zu gründen. „Wo ein Wille ist, da ist auch ein Weg."

„Das hat schon unser Großvater bewiesen."

„Und die Familientradition muss fortgesetzt werden."

Dev nickte. „Das stimmt.“

Craig brauchte einige Minuten, um den vor ihm liegenden Vertrag mit den wenigen Wünschen der Familie zu lesen, bevor er ihn unterzeichnete. Da in Texas vorgedruckte Formulare verwendet wurden, war es einfacher, da er nur die Lücken auszufüllen brauchte. Das eine Mal, als er in New York an einem Deal beteiligt gewesen war, hatte es ihn verrückt gemacht, dass die Verträge von Anwälten aufgesetzt worden sein mussten. Die damit verbundenen Gebühren waren so hoch gewesen, dass er Sodbrennen bekommen hatte. „Wir sollten der Eigentümergesellschaft grünes Licht geben, wenn wir den Deal in weniger als einer Woche abschließen wollen.“

Dev nickte. „Schon geschehen.“

Craig konnte sich ein Grinsen nicht verkneifen. Sein Cousin war gut in dem, was er tat. Es gab keinen anderen Immobilienmakler auf der Welt, dem Craig diesen Deal anvertraut hätte. Die Familie, die das Land ihres Großvaters jahrzehntelang ignoriert hatte, hatte eine überzogene Meinung bezüglich des Werts, und Dev war genau der richtige Mann, um sie vom Gegenteil zu überzeugen. Er unterzeichnete die Korrekturen am Namen des Anwesens und das von Freitag auf Donnerstag vorgezogene Vertragsdatum. „Und wir wären fertig.“

„Du wärst ein verdammt guter Immobilieninvestor geworden.“ Dev grinste schelmisch. „Du hast keine Ahnung, wie die Leute feilschen, wenn es darum geht, ein Schnäppchen zu schlagen. Da braucht es Ruhe und Gelassenheit – und ein wenig Charme.“

„Aber du stehst ihnen zur Seite, oder? Wo ein Wille ist …“

„… da ist auch ein Weg.“ Dev beugte sich vor und stützte die Unterarme auf die Knie. „Du hast fünf Tage Zeit, um die Sache mit dem Vogel zu klären, denn am sechsten Tag wird eine Armada von Baufirmen anrollen, um diese Einöde in dein Traumstudio zu verwandeln."

Sein Cousin hatte in einem Punkt recht: Wenn er diesen Deal zu Ende gebracht hätte, wäre Baron Studio Productions mehr als ein Traum – es wäre ein kleiner Himmel auf Erden. Noch ein paar Bewegungen mit dem Stift, und der Ausführungstermin stand fest. Jetzt gab es keinen Rückzieher mehr. Er reichte seinem Cousin die Unterlagen und richtete sich auf. „Wenn du mich entschuldigen würdest. Ich muss einen Anruf tätigen."

Dem wissenden Funkeln in Devs Augen nach zu urteilen, wusste sein Cousin, wen er anrufen wollte. Grinsend hielt Dev die Papiere hoch. „Ich lasse das einscannen und schicke es an den Testamentsvollstrecker und die Eigentümergesellschaft."

„Danke, Mann." Nachdem Dev gegangen war, war Craig allein. Das Handy am Ohr, hörte er es einmal, zweimal, dreimal klingeln, und während er darüber nachdachte, welche Nachricht er hinterlassen würde, wenn die Mailbox ranging, wurde er von einer samtweichen Stimme überrascht.

„Hallo."

„Kate?"

„Ja."

Er konnte heraushören, dass sie sich fragte, wer dran war. Darum erwiderte er: „Hier ist Craig Baron."

„Oh." Er verzieh ihr die knappen Ein-Wort-Antworten, denn scheinbar war sie eher verwirrt als genervt.

„Es war schön, Sie neulich zu sehen." Er wartete darauf, dass sie etwas erwiderte, aber nach einigen Sekunden des Schweigens fuhr er schließlich fort: „Ich hatte gehofft, mit Ihnen zu Mittag zu essen. Oder vielleicht eine Tasse Kaffee zu trinken, wenn Sie mögen?"

Es herrschte erneut angespannte Stille. Er war kurz davor, davon zu schwadronieren, dass er ihr bei der Rettung dieses Tieres helfen würde, da ergriff sie schließlich das Wort: „Das können wir gerne machen."

Da er nicht wusste, ob sie das Mittagessen oder den Kaffee gemeint hatte, beschloss er, das zu tun, was er sein ganzes Leben lang getan hatte. Wenn man dir einen Finger hinhält, nimm die ganze Hand. „Super. Ein paar meiner Termine haben sich verschoben, und ich habe heute Zeit zum Mittagessen. Wie wäre es, wenn ich Sie in einer Stunde abhole?"

In einer Stunde! Kates Mund wurde auf einmal staubtrocken. Es wäre einfacher, ein Glas Erdnussbutter zu schlucken, als ihre Zunge vom Gaumen zu lösen, geschweige denn einen zusammenhängenden Satz zu formulieren. „Ähm." Konnte sie in einer Stunde fertig sein? Hatte sie noch etwas zu erledigen? Ihre Fähigkeit zu logischem Denken war ihr auf einmal abhandengekommen. Sie konnte sich nicht mehr erinnern, ob sie kam oder ging. „Ich, äh, werde bereit sein." Hatte ihre Stimme heiser geklungen?

„Wunderbar. Wohnen Sie immer noch in der Mossvine Lane?"

„Ja, tue ich." Woher zum Teufel wusste er das? Plötzlich hatte sie angesichts dieser angeblich spontanen Einladung … ein unheimliches Gefühl.

„Schön zu wissen, dass Google tatsächlich manchmal recht hat."

„Oh." Das stimmte natürlich. War sie doch selbst von dem Tumult in der Scheune nach Hause zurückgekehrt und hatte Craig James Baron gegoogelt. „Dann sehen wir uns in einer Stunde."

„In einer Stunde", wiederholte er, fügte ein höfliches „Bis später" hinzu und legte auf.

Sie starrte immer noch auf das Display ihres Handys, als eine Kollegin auf sie zukam. „Tickt es?"

„Wie bitte?" Kate schaute auf und erblickte Debra.

„Dein Telefon. Du starrst das Ding an, als wäre es eine tickende Zeitbombe, die gleich explodiert."

Vielleicht war das tatsächlich der Fall. Vielleicht war das Mittagessen mit einem der begehrtesten Junggesellen des Staates, in den sie den größten Teil ihrer vier College-Jahre verknallt gewesen war, eine Zeitbombe, die nur darauf wartete, gezündet zu werden? Was hatte sie denn schon mit Leuten gemein, die einer texanischen Königsfamilie gleichkamen?

„Erde an Kate." Deb wedelte vor ihrem Gesicht herum.

„Tut mir leid. Ich habe viel um die Ohren."

„Die Schildkrötennester oder die Schleiereule?"

„Hm?" Kate blinzelte und verarbeitete schließlich, was ihre Freundin gesagt hatte. „Oh. Weder noch. Na ja, vielleicht die Eule."

„Nun, das ist doch klar wie Kloßbrühe. Hast du schon mit dem Typen vom Verein für Fische und andere Wildtiere gesprochen?"

Kate nickte. „Ja. Er sagt mir Bescheid, wann ich mich mit einem Mitglied in der Scheune treffen kann."

„Ich weiß, dass ich das schon einmal gefragt habe, aber wie heißt er noch mal?"

„Craig."

„Der Typ vom Verein für Fische und andere Wildtiere, meine ich."

„Oh, Entschuldigung. Ted."

Deb nickte kurz. „Genau. Ich glaube immer noch, dass Ted mehr an dir als an der Eule interessiert ist."

Jetzt war das logische Denken zurück. „Und ich habe dir schon tausendmal gesagt, dass das lächerlich ist. Wir haben einmal zusammen an einem Fall mit Dr. Carter gearbeitet, und das war rein beruflich. Er hat genauso wenig etwas für mich übrig wie Peg Carter."

„Wie oft hat er dich eingeladen, einen Happen mit ihm zu essen?" Jetzt wippte Deb mit dem Fuß.

„Ist es ein Verbrechen, mit einem Kollegen eine Kleinigkeit zu essen?"

„Nein."

„Aber wir haben uns nie zum Mittagessen verabredet, da hast du es also."

Deb grinste breit. „Gut, ich schließe meine Beweisführung hiermit ab."

„Das ergibt doch gar keinen Sinn." Vielleicht war Deb die Benommene, nicht sie.

„Er will mit dir zu Mittag essen und ist bereit, wegen eines geschützten, aber nicht gefährdeten Vogels mitten ins Nirgendwo zu fahren, weil du ihn angerufen hast." Bevor Kate den Mund aufmachen konnte, hob Deb eine Hand hoch. „Wir brauchen nicht darüber zu streiten. Wir werden einfach abwarten und sehen, wer recht hat."

Kate seufzte tief und schüttelte den Kopf. „Wie auch immer. In der Zwischenzeit gehe ich zum Mittagessen. Ich weiß noch nicht, wann ich wieder zurück bin."

„Das klingt ominös."

„Nicht ganz, ich treffe mich nur mit einem ehemaligen Kommilitonen aus dem College."

„Männlich oder weiblich?" Deb grinste wieder.

„Wenn du es unbedingt wissen willst – männlich."

„Ooh! Eine alte Flamme?"

„Er wusste damals nicht einmal, dass ich existiere. Und jetzt essen wir zu Mittag."

Tiefe Furchen bildeten sich zwischen Debs Brauen. „Das ergibt keinen Sinn."

„Nein. Aber es ist, wie es ist." Bevor Deb etwas

erwidern konnte, schnappte sich Kate ihre Handtasche und warf sie sich über eine Schulter. „Ich muss los! Wir reden später weiter."

Deb rief ihr nach: „Daran werde ich dich erinnern!"

Und das machte Kate fast genauso viel Angst wie ein Mittagessen mit einem Mitglied der mächtigsten Familie des Bundesstaates Texas. Fast.

KAPITEL FÜNF

Seit der Premiere seines ersten Spielfilms war Craig nicht mehr so nervös gewesen. Es ergab doch überhaupt keinen Sinn, dass eine Frau, die er seit über einem Jahrzehnt nicht mehr gesehen hatte und kaum kannte, ihn zum Schwitzen brachte wie einen pickligen Teenager bei seinem Abschlussball.

Zu seinem Erstaunen lebte Kate nicht wie die meisten jungen Singles in einer schicken Eigentumswohnung oder einem Stadthaus in der Nähe des Zentrums, sondern im Herzen der Vorstädte von Houston. Es handelte sich um eine gediegene Gegend mit Häusern, die man einst als sogenannte Einstiegshäuser bezeichnet hätte. Also solche, die sich junge Familien leisten konnten. Im Gegensatz zu den umliegenden Backsteinhäusern bestand ihres aus Zement. Ein blau-graues Haus mit dunklen Fensterläden und Blumenkästen unter den Simsen, mit roten, violetten und orangefarbenen Gewächsen darin, gaben ihm sofort weitere Informationen über Kate Donovan.

Sie war nicht nur entschlossen, den Planeten und seine Bewohner zu retten, sondern scheute auch nicht davor zurück, ihn gleichzeitig zu verschönern. Ein gepflegter Rasen und ein gepflasterter Gehweg führten zu der dunkelroten Tür mit dem Löwenkopf als Türklopfer aus Messing. Während er auf der Veranda stand und überlegte, ob er klingeln oder den Klopfer benutzen sollte, wurde die Tür aufgerissen. „Hallo."

„Hi." Er schaute zur Videotürklingel, und Kate nickte.

„Sie hat mich alarmiert, sobald Sie an den Bordstein gefahren sind." Sie zerrte an ihrer Handtasche, die über ihrer Schulter hing, und machte einen Schritt nach vorn. „Bereit?"

Er nickte und trat einen Schritt zurück, um ihr Platz zu machen, damit sie neben ihm gehen konnte. Für den Bruchteil einer Sekunde überlegte er, ob er einen Arm ausstrecken sollte, entschied dann aber, dass dies für eine zwanglose Einladung zum Mittagessen vielleicht etwas zu viel des Guten wäre. „Essen Sie lieber Fisch oder Rindfleisch?"

„Beides gleich gern."

Sobald die Worte seinen Mund verlassen hatten, war ihm der Gedanke gekommen, dass sie angesichts ihrer Arbeit zur Rettung der Tiere und des Planeten vielleicht Veganerin oder Vegetarierin war. Zum Glück musste er sich nicht überlegen, wohin sie gehen könnten. Er hatte eine mentale Liste mit seinen Lieblingsrestaurants erstellt und entschieden, dass eines mit traditioneller amerikanischer Küche am besten wäre.

„Ich muss zugeben", Kate schnallte sich an und drehte sich zu ihm, „das war eine ziemliche Überraschung."

„Eine gute, hoffe ich." Er fuhr vom Bordstein weg.

Sie brauchte länger als ihm lieb war, um zu antworten, aber schließlich nickte sie. „Ich glaube schon."

Er beschloss, dafür zu sorgen, dass sein Anruf und seine Einladung von der Kategorie *ich glaube schon* in die Kategorie *eine angenehme Überraschung* aufsteigen würden. „Da bin ich aber froh. Ich habe tagelang auf Ihre Telefonnummer gestarrt und überlegt, ob ich anrufen soll oder nicht."

Sie zog die Augenbrauen zusammen und zerrte an

dem Gurt über ihrer Brust, dann rutschte sie auf ihrem Sitz hin und her. „Was die Frage aufwirft, woher haben Sie meine Handynummer?" Die Worte waren kaum ausgesprochen, da hob sie ihre Hand. „Schon gut. Manchmal vergesse ich, wie weitreichend Google sein kann."

Zu diesem Zeitpunkt hielt er es nicht für klug, die Sache mit Brooklyn zu erwähnen. Wenn dies zu mehr als nur einem Mittagessen führen sollte, würde er einen Weg finden müssen, aber jetzt würde er ihre Aussage einfach unkommentiert stehen lassen. Nur ein paar Minuten im normalen Verkehr, und er war auf dem Highway zu einem seiner Lieblingsrestaurants.

„Warum haben Sie angerufen?" Ihre Frage richtete sich an ihn, aber ihr Blick war auf den Verkehr vor ihr gerichtet.

Er war sich nicht ganz sicher, wie er darauf antworten sollte. Oder vielleicht, *was* er darauf antworten sollte.

„Sie sagten, Sie hätten meine Nummer seit Tagen. Warum haben Sie schließlich angerufen?" Ihre tiefer gehende Frage ließ ihn vermuten, dass sie sein Schweigen für Verwirrung gehalten haben musste.

„Ehrlich gesagt, nach dem, was mit meinem Cousin passiert ist, hatte ich Angst, Sie würden einfach wieder auflegen. Oder Schlimmeres."

„Schlimmeres?"

Er zuckte mit den Schultern. „Eines habe ich schon früh gelernt: Unterschätze nie eine kluge Frau. Vor allem, wenn man sie verärgert hat."

„Oh, ich spüre, dass da irgendwo eine gute Geschichte versteckt ist." Ein Hauch von Belustigung zeigte sich auf ihren Zügen.

Er hatte vergessen, wie schön ihr Lächeln war, und genau wie im College traf ihn die Wärme und Sanftheit dieses Lächelns mitten ins Herz. Er konnte sich beim besten Willen nicht daran erinnern, dass er jemals eine solche Reaktion auf das Lächeln einer Frau gezeigt hatte. „Ich erinnere mich an dieses Lächeln. Aus dem Kurs über spanische …"

„… Literatur." Das Lächeln wurde breiter.

Für einen Moment wandte er den Blick von der Straße und sah sie an. Dabei nahm er das Funkeln in ihren Augen wahr. „Ich hätte nicht gedacht, dass Sie sich daran erinnern."

„Wie kann eine Normalsterbliche vergessen, dass sie in einer Klasse mit dem texanischen Königshaus ist?"

Oh, wie er es hasste, wenn die Medien den Baron-Clan als Königsfamilie bezeichneten! „Ich hatte gehofft, es hätte mehr mit meinem jungenhaften Aussehen und meinem südländischen Charme zu tun."

Kate warf ihren Kopf zurück und lachte aus vollem Halse. Das ließ sein Grinsen breiter werden, und er umfasste das Lenkrad fester. Er hatte keinen Zweifel daran, dass er jede Minute genießen würde, die er mit seiner rothaarigen Ex-Kommilitonin verbrachte. „Sie haben Señora DeLeon wirklich verzaubert."

Tatsache war, dass er die meisten seiner Professoren verzaubert hatte. Mit Ausnahme von Doc Benson, seinem Statistikprofessor, der eine tiefe Abneigung gegen alte Familien gehegt hatte. Oder vielleicht nur gegen die Barons. „Was ist denn mit Ihrem Freund passiert?"

„Welchem Freund?"

„Dem Typen, der in dem Kurs neben Ihnen saß."

„Oh!" Ihr Lächeln wurde weicher. „Steve. Wir wollten zusammen die Welt retten."

„Wollten?"

„Sie wissen ja, wie das in der Uni ist. Jeder träumt mit leuchtenden Augen von etwas Großem. Nach dem College zog Steve weiter nach Woodshull, und jetzt ist er irgendwo im Südpazifik."

„Ein moderner Jaques Cousteau."

„So ähnlich." Ihr Lächeln war nach wie vor aufrichtig. Was auch immer passiert war, es gab kein böses Blut. „Mir gefällt die Idee, mein kleines Stückchen des Planeten zu retten."

Schön zu hören! Na ja, abgesehen davon, dass dieses Stückchen mittlerweile seine Scheune mit dieser verflixten Eule war. Er verließ den Highway, folgte dem unbefestigten Weg ein kurzes Stück und hielt auf dem Parkplatz. „Da wären wir. Ich hoffe, es gefällt Ihnen."

Ihr Lächeln verschwand kurzzeitig, während sie mehrmals blinzelte, bevor sie ihn direkt ansah. „Ich habe viel Gutes über dieses Lokal gehört."

„Sie waren noch nie drinnen?"

Sie schüttelte den Kopf.

„Dann können Sie sich auf etwas gefasst machen." Er eilte um das Auto herum und erreichte rechtzeitig die Beifahrerseite, um ihr beim Aussteigen zu helfen. Es war lächerlich altmodisch, einer Frau aus einem geparkten Auto zu helfen, aber es war ihm von seiner Mutter und seinen Großeltern genauso eingeimpft worden wie das Ein- und Ausatmen.

„Mr. Baron." Mario, einer der drei Brüder, denen das Restaurant gehörte, begrüßte Craig. „Wie schön, Sie zu sehen!"

„Es ist schon viel zu lange her. Wie geht es Tony und Joe?"

„Gut, gut." Mario schnappte sich zwei Speisekarten. „Ihr Stammtisch?"

Craig nickte, legte eine Hand sanft auf Kates unteren Rücken und führte sie in die hintere Ecke am großen Panoramafenster.

Nach ein paar weiteren Höflichkeiten und dem Versprechen, die Kellnerin würde gleich kommen, eilte

Mario davon.

„Wie interessant!" Kate blickte aus dem Fenster auf die vielen Bäume und Sträucher. „Es ist, als wäre man im Wald."

„Es ist ein bisschen unerwartet. Das Grundstück ist nicht so groß, wie die Aussicht vermuten lässt, aber als ihre Eltern das Restaurant eröffneten, war Houston noch nicht so überlaufen. Viele Bauunternehmer haben versucht, dieses Grundstück zu erwerben, aber die Brüder weigern sich, es zu verkaufen."

„Ich kann es ihnen nicht verdenken. Es ist wunderschön."

„Das Essen ist auch ziemlich gut. Die meisten Rezepte gehen auf Generationen zurück, und die Fleischgerichte basieren auf Geheimrezepten des Vaters. Wenn Sie Steak mögen, kann ich Ihnen das Rib-Eye wärmstens empfehlen."

Sie nickte und lächelte. „Ich bin durch und durch eine Fleischfresserin."

Als die Kellnerin kam, bestellte Craig die Krabben-Croustades als Vorspeise, den Karotten-Salat und jeweils ein Rib-Eye für sich und Kate.

Als sie wieder allein waren, trank Craig rasch einen Schluck Wasser. „Und wie sind Sie von der spanischen Literatur zur Rettung des Planeten gekommen?"

Immer noch lächelnd, zuckte sie mit einer Schulter. „Wahrscheinlich so, wie Sie von der spanischen Literatur zum Filmemachen gekommen sind."

„Das war einfach. Ich habe ein Jahr lang an der spanischen Riviera für Baron-Hotels gearbeitet und sehr schnell beschlossen, dass die Hotelbranche nichts für mich ist. Eine Filmgesellschaft drehte einen billigen Kurzfilm, und sie brauchten Statisten. Ich war verfügbar, also habe ich mitgemacht. Aus dem einmaligen Gelegenheitsclip wurde ein Angebot für einen weiteren Film, und nach einem Jahr war mir das

Geschäft unter die Haut gegangen."

„Das ist perfektes Timing."

„Ganz bestimmt. Also, wie lautet Ihre Geschichte?" Höfliches Geplauder gehörte zum Kennenlernen einer Frau. Er kannte alle Aufforderungen, etwas über sich selbst zu erzählen, auswendig, aber heute war es wahrscheinlich das erste Mal, dass er die Antworten wirklich hören wollte. Er wollte wirklich wissen, wer Kate Donovan war.

Kate brauchte einen Schluck Wasser, um ihre Nerven zu beruhigen. Es gab keine Erklärung dafür, warum sie sich bei diesem Treffen wie ein Schulmädchen fühlte. Craig Baron hatte sie zwar gerade in eines der teuersten Fünf-Sterne-Restaurants in Nord-Houston ausgeführt, aber er war auch nur ein Mann. Aus Fleisch und Blut. Wahrscheinlich wusch er sich auch nur mit Wasser, wie alle Menschen.

„Sagen Sie, warum retten Sie die Tiere?"

„Ehrlich gesagt." Sie stellte ihr Glas auf dem Tisch ab und beugte sich ein wenig vor. „Ich war schon immer eine Retterin. Als Kind habe ich Eichhörnchen nach Hause gebracht, die aus dem Nest gefallen waren, oder Babyhasen vor meinen Raubkatzen gerettet."

Er lehnte sich zurück, lächelte sie an und nickte. „Das kann ich mir vorstellen."

Sie lächelte ebenfalls. „Ich habe eigentlich Psychologie studiert, aber als ich meinen Abschluss gemacht hatte, war der Gedanke, noch fünf Jahre zu studieren, bevor ich ihn nutzen konnte, entmutigend. Stattdessen habe ich einen Job bei einem Freund der Firma meines Vaters angenommen."

„Naturschutz?"

„Nö. Handtaschenfabrik. Ich war die Assistentin des Vorstandsvorsitzenden.“

„Und das hat Ihnen nicht gefallen?“

Sein Lächeln raubte ihr wie damals den Atem.

„Ganz und gar nicht. Ich habe es gehasst, an einem Schreibtisch zu arbeiten, aber ich dachte, das ist es, was Erwachsensein bedeutet.“

„Ich höre ein *Aber* kommen.“

„Ich habe diesen ersten Job wirklich gehasst, aber ich wusste nicht, was mir fehlte. Dann machten wir Urlaub auf Hawaii. Während der Brutzeit der Schildkröten kamen wir an einen Strand. Wir zelteten ein paar Tage an dessen Rand.“

„Mit Lagerfeuer und allem Drum und Dran?“

„Nein, es wäre Hausfriedensbruch gewesen, dort zu schlafen.“

„Wie in der Scheune der Martins.“

Der Drang, zu seufzen und die Augen zu verdrehen, war fast stärker als ihre Manieren. Sie war sich nicht sicher, ob es sich bei der Erwiderung um Arroganz handelte, die aus einem privilegierten Leben herrührte, oder einfach um eine Warnung auf dem Idioten-Barometer. „Wie ich schon sagte, waren wir jeden Morgen früh da und blieben, bis wir die Augen nicht mehr offen halten konnten. Eines Morgens sahen wir eine Bewegung an einem der Marker. Und tatsächlich, das Schlüpfen hatte begonnen.“

„Das muss faszinierend gewesen sein.“ Der überhebliche Ton war verschwunden und durch ein aufrichtiges Lächeln und Anzeichen eines wirklich netten Typen ersetzt worden.

Genau das, was sie brauchte. Dr. Jekyll und Mr. Hyde. „Ja, aber“, sie schluckte schwer, „es brach mir das Herz, als ich sah, wie viele Vögel einflogen und die kleinen Kreaturen auf ihrem Weg zum Meer einfingen.“

„Konnten Sie ihnen denn nicht helfen?" Sein Stirnrunzeln ließ sie vermuten, dass er ihre Verzweiflung ebenso spürte wie sie.

„Wir hätten versuchen können, die Vögel zu verscheuchen, aber diese Strände sind heilig. Außerdem konnten wir nicht wirklich herumlaufen, aus Angst, ein Nest zu beschädigen. Und es ist illegal, die Meeresschildkröten in irgendeiner Weise zu berühren, selbst wenn man ihnen ins Wasser hilft."

„Aber das war nicht wichtig. Sie waren süchtig geworden." Jetzt grinste er wie ein Honigkuchenpferd.

„Ganz genau. Ich habe etwa ein Jahr lang ehrenamtlich gearbeitet, dann habe ich beschlossen, meinen Master in Tierschutz zu machen, und bin dann zu einer NGO in diesem Bereich gegangen, um mich einzuarbeiten."

„Hat es funktioniert?"

„Ausgezeichnet." Sie sah sich um, als ob jemand aus ihrem alten Job neben ihnen essen und zuhören würde. „Nach ein paar Jahren war ich so weit aufgestiegen, dass ich einige erstklassige Aufträge bekam. Und dann wurde es brenzlig."

Craig hob eine Augenbraue, sagte aber nichts.

„Wir führten in der Nähe einer Reifenfabrik Untersuchungen des Grundwassers und der Abfälle an der Küste durch. Es hatte ein paar böse Anschuldigungen von Anwohnern gegeben, und wir wurden als neutrale dritte Partei hinzugezogen, um zu ermitteln, ob die Gesundheitsprobleme mit der Fabrik zusammenhingen."

„Und war das der Fall?"

„Und ob! Wir konnten das zweifelsfrei feststellen."

Craig holte tief Luft und verzog dann missbilligend den Mund. Vielleicht steckte hinter all dem Geld und der Macht tatsächlich ein netter Typ.

„Aber der eigentliche Clou war der dicke Umschlag mit Hundert-Dollar-Scheinen in meinem Handschuhfach.“

Craig rutschte nervös hin und her und rief: „O verdammt!“

„Genau.“ Sie hatte noch nie jemandem all die Details erzählt und hatte keine Ahnung, warum ausgerechnet Craig Baron sie zum Reden brachte. „Natürlich waren die Bestechungsgelder von ganz weit oben gekommen, und meine Weigerung mitzuspielen hätte meine Karriere fast beendet, bevor sie überhaupt begonnen hatte.“

„Unternehmenspraktiken können hart sein.“

„Als ob ich das nicht wüsste!“ Sie wartete, bis die Kellnerin die Teller abgestellt hatte und wieder gegangen war, bevor sie fortfuhr: „Sagen wir einfach, die ganze Sache hinterließ einen sehr bitteren Nachgeschmack in meinem Mund und öffnete mir die Augen für die Übel der großen Unternehmen – und deren Geld. Ich bin gerade so heil da rausgekommen, habe die NGO verlassen und es keinen Tag bereut.“

„Und haben Ihre eigene Firma gegründet.“ Es war keine Frage, aber er sah sehr selbstzufrieden aus.

Seltsamerweise ging dieses unausgesprochene Lob bei ihr runter wie Öl. „Und das haben *Sie* auch ganz gut gemacht.“

„Ich weiß.“ Er schnitt in sein Essen. „Viele gute Leute sind unter solchen Umständen zu Fall gebracht worden. Sie sollten stolz auf sich sein.“

„Worauf ich am meisten stolz bin, ist, dass die Mistkerle ins Gefängnis kamen, das Wasser gereinigt wurde und die Fabrik an Besitzer verkauft wurde, die sich an die Regeln halten.“

„Schön zu hören. Es ist nicht leicht, es mit der amerikanischen Wirtschaft aufzunehmen und zu gewinnen.“ Er musterte sie mit einer Intensität, die sie nicht erwartet hatte. „Was machen Sie morgen?“

„Ich muss noch an einigen Berichten arbeiten. Nächste Woche ist viel los, und ich nutze die Wochenenden oft, um aufzuholen."

„Kommen Sie mit mir zur Ranch?"

„Wie bitte?"

„Meine Familie sponsert dort eine Spendenaktion für eine neue Wohltätigkeitsorganisation, bei der meine Großeltern meinen Nachbarn unterstützen. Die letzte Veranstaltung war so erfolgreich, dass sie jetzt vierteljährlich stattfinden soll. Es werden Kinder dort sein, es gibt einen Streichelzoo, Spiele und Preise. Sie werden viel Spaß haben. Ich verspreche es."

Jede Faser ihres Wesens sagte ihr, dass es keine gute Idee war, in der ultrareichen Welt der Barons von Texas mitzuspielen. Aber sie wäre nicht da, wo sie jetzt war, wenn sie nicht bereit wäre, zumindest ein paar Risiken einzugehen. Die Frage war nur, auf welches Risiko hatte sie sich eingelassen?

KAPITEL SECHS

raig kam sich vor wie eine seiner Schwestern. Er hatte seine Hose tatsächlich zweimal und sein Hemd dreimal gewechselt. Während seine Schwestern dafür bekannt waren, dass sie den gesamten Inhalt ihres Kleiderschranks auf dem Bett verstreuten, während sie sich drei, vier oder noch mehr Male für ein Date umzogen, hatte er immer das ausgewählt, was ihm als Erstes eingefallen war. Heute nicht. Zuerst hatte er eine Khakihose angezogen, dann aber beschlossen, dass Jeans auf der Ranch sinnvoller wären. Als Nächstes hatte er ein hellblaues Poloshirt ausgewählt, aber aus irgendeinem Grund war er sich wie ein Schlumpf vorgekommen. Dann war ihm das beigefarbene Hemd eingefallen, das aber ganz verwaschen ausgesehen hatte. Schließlich hatte er sich für ein marineblaues Shirt mit Rundhalsausschnitt und einer Brusttasche entschieden. Er war versucht, sich noch einmal umzuziehen, aber dann meldete sich sein gesunder Menschenverstand und forderte ihn auf, nach unten zu gehen, bevor Kate käme und ihn dabei erwischte, wie er an seinem Outfit feilte.

„Wir sind so froh, dass du heute mit dabei bist!" Am Fuß der Treppe küsste ihn seine Großmutter auf die Wange. „Ich muss mit Hazel noch ein paar letzte Details klären. Du könntest nachsehen, ob Mitch und Chase Hilfe in den Ställen benötigen."

Craig schaute auf seine Uhr und ging durch das

Foyer zur Eingangstür.

Das Gesicht seiner Großmutter erhellte sich. „Erwartest du jemanden?"

„Ja …"

Lila Baron runzelte die Stirn. „Und warum hast du sie nicht abgeholt? So haben wir dich doch nicht erzogen!"

„Das stimmt, Ma'am. Aber sie hat darauf bestanden, selbst von Houston herzufahren. Ich wollte nicht aufdringlich sein." Was er seiner Großmutter nicht sagen wollte, war, dass manche Frauen sich einfach besser fühlten, wenn sie ihr eigenes Auto fahren konnten und dadurch unabhängig blieben. Nicht, dass er dachte, dass Kate deshalb darauf bestanden hatte, selbst zu fahren, aber er wollte sich damit jetzt nicht beschäftigen, denn eine Sache verwirrte ihn maßlos. Warum war er so nervös wie ein Teenager vor seinem ersten Date?

Sie senkte das Kinn, und ihre Stirn glättete sich. „Ich glaube, ich verstehe das. Sehr gut sogar." Es folgte ein weiterer Kuss auf seine Wange, dann rauschte sie davon in Richtung Küche.

„Wie gut du aussiehst!" Siobhan kam aus der Küche gehüpft, in der einen Hand ein Cupcake, in der anderen einen Keks.

„Wie ich sehe, machst du wieder eine Diät", stichelte er.

Seine kleine Schwester, Hazels frisch gebackene Köstlichkeiten nicht loslassend, schlang die Arme um ihn und küsste ihn auf die Wange. „Ha, ha, ha." Sie trat einen Schritt zurück, streckte die Arme seitlich aus und nahm eine Model-Pose ein. „Als ob dieser perfekte Körper eine Diät nötig hätte."

Da sie sich nicht wehren konnte, weil sie in beiden Händen etwas hielt, zerzauste er ihr das Haar, wie er es getan hatte, als sie noch ein kleines Kind gewesen war.

Es war schwer, seine kleine Schwester als erwachsene Frau anzuerkennen. Sie war ein niedliches Kind gewesen und hatte sich zu einer richtigen Schönheit entwickelt. Allerdings war das viel zu schnell gegangen. Bald würde sie einen Partner finden, heiraten und schließlich eigene Kinder haben, aber er würde sie immer als das Nesthäkchen der Familie betrachten.

Es klingelte an der Tür, und sofort war Jeeves, der Butler, zur Stelle. Craig hielt eine Hand hoch. „Ich mache das schon."

Jeeves nickte und machte eine perfekte militärische Drehung auf einer Ferse. Siobhan sah Craig nur mit einem schelmischen Grinsen an. „Soll ich dich und deinen, ähm, Gast allein lassen?"

Craig verdrehte die Augen und eilte kopfschüttelnd zur Haustür. Als er sie aufgerissen hatte, musste er angesichts der schönen Frau, die vor ihm stand, unvermittelt lächeln. Diese Lady wusste, wie man eine Jeans trägt.

Sie hatte außerdem ein blaues Hemd an sowie einen Cowboyhut auf dem Kopf und hielt einen kleinen Strauß frischer Blumen in die Höhe. „Die sind für Ihre Großmutter."

Siobhan umkreiste ihren großen Bruder und griff nach den Blumen. „Die werden ihr bestimmt gefallen! Warum geht ihr zwei nicht schon mal vor und tut, was auch immer ihr vorhabt, und ich bringe die hier in die Küche und stelle sie in eine Vase."

Vielleicht war seine kleine Schwester doch noch nicht so erwachsen, wie er gedacht hatte. Im Moment sah sie jedenfalls aus wie das kleine Mädchen mit den Zöpfen, das ihn und seine Geschwister wegen ihrer Verabredungen aufgezogen hatte. Nicht, dass dies ein offizielles Date war, aber Siobhans jugendliche Verspieltheit war wieder zum Vorschein gekommen.

Die Blumen fest in der einen Hand haltend, streckte Siobhan ihre andere aus – das Gebäck hatte sie dann doch auf der Kommode abgestellt. „Tut mir leid, ich kann nicht widerstehen, diesen Typen zu necken. Ich bin Siobhan, und es ist mir ein Vergnügen, Sie kennenzulernen.“

Aus dem nervösen Zucken von Kates Mundwinkeln wurde ein entspanntes Lächeln. „Kate Donovan. Ich freue mich auch, Sie kennenzulernen.“

Siobhan ließ ihre Hand los, lächelte und trat einen Schritt zurück. „Wir sehen uns dann gleich draußen!“

Craig drehte sich zu Kate. „Sollen wir nach draußen gehen, wie diese kleine Göre vorgeschlagen hat?“

„Sie scheint mir keine Göre mehr zu sein.“

„Das stimmt, das ist sie nicht mehr. Vielleicht sollte ich endlich aufhören, das zu sagen. Es ist nur schwer zu akzeptieren, dass sie erwachsen geworden ist.“ Er schloss die Haustür hinter ihr und deutete auf das Wohnzimmer hin. „Wollen wir?“

Kate nickte und ging neben ihm her in besagtes Zimmer. „Ich finde das irgendwie süß.“

„Süß?“

„Ja. Ich weiß, dass Sie einander geneckt haben, aber es war mir klar, dass das alles nur Ausdruck Ihrer gegenseitigen Zuneigung ist.“

Nachdem er das Wohnzimmer durchquert hatte, öffnete er die Hintertür zur großen Veranda, die sich von einer Seite des Hauses zur anderen erstreckte. „Wir haben einander wirklich gern, denn sie ist ein tolles Kind.“ Er kniff die Augen zusammen und öffnete sie dann schnell wieder. „Ich meine, sie ist eine tolle *Frau*.“

Kate tätschelte seinen Arm und folgte ihm die hintere Verandatreppe hinunter. „Na also, das war doch gar nicht so schwer, oder?“

„Schwerer als Sie denken.“

„Oje." Als Kate aufblickte, sah sie das, was normalerweise ein weitläufiger Rasen war. Jetzt aber standen dort Zelte, Buden und Tische mit Plastiktischdecken. „Das muss die größte Hüpfburg sein, die ich je gesehen habe."

„Wir erwarten viele Besucher."

„Sieht so aus." Ihr Blick wanderte von einer Bude zur anderen, während sie über den Rasen schritten. Sie sah sowohl fasziniert als auch überrascht aus – und ein klein wenig verwirrt.

„Hey, wollt ihr das mal ausprobieren?" Craigs Schwester Paige streckte die Arme aus und winkte mit den Bohnensäcken, die sie in beiden Händen hielt. „Die erste Runde ist gratis."

„Das ist also deine Werbemasche?" Craig verdrehte die Augen.

„Und ob! Es gibt einen Grund, warum Lockvogelangebote eine wichtige Rolle in Marketingstrategien spielen." Sie verdrehte ebenfalls die Augen, wandte sich Kate zu und streckte eine Hand aus, nachdem sie den Bohnensack mit der anderen umfasst hatte. „Mein großer Bruder scheint seine Manieren vergessen zu haben. Ich bin Paige Baron."

„Schön, Sie kennenzulernen. Kate Donovan."

„Ungeachtet dessen, was dieser Trottel denkt, ist es wirklich eine gute Marketingstrategie." Paige hielt ihr die Bohnensäcke hin. „Na los. Zeigen Sie ihm, wie's geht!"

Kates Augen funkelten, ihr Grinsen wurde breiter, und als sie die Bohnensäcke entgegennahm, blickte sie über ihre Schulter zu Craig. „Gut aufpassen, jetzt können Sie etwas lernen."

In aller Ruhe untersuchte sie die Holzbretter und schwang ihren Arm mehrmals vor und zurück, bevor sie den Bohnensack durch die Luft und durch eines der Löcher warf.

„Glückstreffer!", rief Craig ihr zu. Noch ein paar Minuten, und drei weitere Säcke waren in den Löchern verschwunden, ohne einen einzigen Fehlwurf.

Paige applaudierte laut. „Sie gefallen mir! Das ärgert meinen Bruder natürlich, der immer um jeden Preis gewinnen will."

Kate klopfte sich den Staub von den Händen und trat neben ihn. „Sie sind dran!"

„Später. Grandma hat gesagt, dass sie in der Scheune eventuell Hilfe brauchen." Craig führte Kate in diese Richtung und winkte seiner Schwester zum Abschied zu, als sie davongingen. Kaum waren sie über die Schwelle der Scheune getreten, erschien sein Bruder Mitch, der ein Kalb an einem Seil hinter sich herführte.

„Oh!" Kates Augen leuchteten vor Freude. „Eine Baby-Kuh!"

Er grinste, und Mitch unterdrückte ein Lachen.

Craig stellte die beiden einander vor. Kate drehte den Kopf in seine Richtung. Er konnte ihre Aufregung über die Aussicht, einer echten *Baby-Kuh* so nahe zu sein, fast spüren. „Darf ich sie streicheln?"

„Klar." Mitch blieb vor ihr stehen. „Wir sind auf dem Weg zum Streichelzoo."

Kate hielt eine Hand unter die Schnauze des Kalbs, so wie man das bisweilen tat, wenn man das Temperament eines Hundes testen wollte.

„Kratzen Sie es hinter seinem Kiefer. Dann wird es Sie auf immer lieben", schlug Mitch vor, bevor er sich an seinen Bruder wandte: „Grandma und ich dachten, die Kinder würden sich über Gingers Fohlen freuen. Wollt ihr beide es herbringen?"

Kate nickte so heftig, dass er überrascht war, dass sie kein Schleudertrauma davontrug. „Ich weiß nicht, ob ich jemals ein Pferd in einem Streichelzoo gesehen habe."

„Das liegt daran, dass sie kleine Zicken sein können." Mitch seufzte. „Aber Gingers Fohlen ist ruhig. Ich glaube, es wird gut gehen."

„Oh, das wird ein Spaß!" Kate klatschte in die Hände.

Wenn Craig doch nur derjenige wäre, der sie so fröhlich lächeln ließ! Daran würde er noch arbeiten müssen …

Als Kate die Einladung zu der kleinen Benefizveranstaltung angenommen hatte, war nichts von dem, was sie vorgefunden hatte, so, wie sie es sich vorgestellt hatte. Sie hatte noch nie viel Zeit mit reichen Menschen verbracht, und als sie auf die Straße abgebogen war, die zu dem schönsten weißen Haus führte, das sie je gesehen hatte, hatten ihre Handflächen zu schwitzen begonnen, und in ihrem Magen hatten Tausende von Schmetterlingen mit den Flügeln geflattert. Sie hatte befürchtet, das würde vielleicht doch etwas zu viel des Guten werden. Aber dann waren alle so entspannt und freundlich gewesen, als wäre sie in einem Studentenwohnheim. Ob im Haus, bei den Spielen im Freien oder in der Scheune – jede Interaktion mit der Familie Baron hatte sie bislang überrascht.

Sie kratzte das Kalb noch rasch unter dem Kinn und folgte Craig dann in die Pferdebox. Als er deren Tür aufzog und den Blick auf ein großes, rötliches Pferd sowie eine kleine, unfassbar süße Version von diesem freigab, quietschte sie vor Freude. „Ist es nicht wunderschön?"

„Ja, das sind sie beide."

Craig befestigte ein Seil am Hals des Fohlens, um es damit hinter sich her führen zu können. Zum

Streichelzoo waren es nur ein paar Schritte. Dort waren niedliche Ferkel, die sogar noch süßer wurden, wenn sie quiekten, die *Baby-Kuh* und das Pferd, ein paar Kaninchen, Ziegen und Lämmchen. „Sind die alle von der Ranch?"

„Nein. Wir haben nur Rinder und ein paar Pferde. Der Rest ist eine Leihgabe."

Während sie von Stand zu Stand gingen, wurde Kate schnell klar, aus wie vielen Mitgliedern der Baron-Clan bestand. Bislang war jeder Stand mit einer Schwester, einem Bruder, einem Cousin oder einer Cousine besetzt gewesen. Interessanterweise konnte man sofort erkennen, wer zu welchem Clan-Zweig gehörte. Craig und seine Familie hatten ähnliche Gesichtszüge und kastanienbraunes Haar. Sein Cousin Devlin und dessen Schwester Leah sowie deren andere Geschwister hatten dagegen sandblondes Haar und meist grüne Augen.

Nach einer Weile hatte sie erkannt, dass die Familie Baron nicht nur die Stände betreute, sondern auch viel Geld ausgab. Der Preis für das Maissack-Spiel betrug nur einen Dollar, aber Craig und sein Cousin Porter hatten jeweils einen 100-Dollar-Schein auf den Tresen gelegt. Sie verdiente nicht schlecht, aber hundert Dollar für ein Jahrmarktspiel auszugeben, überstieg ihr Budget dann doch ein wenig.

Als Nächstes machten sie beim Hufeisenwerfen Halt. Anstelle seines Cousins Porter trat Craig gegen einen anderen Vetter, Colton, an, und wieder einmal standen hundert Dollar auf dem Spiel. Nach ein paar Würfen wurde ihr klar, dass es für die beiden mehr war als nur ein Jahrmarktspiel. Sie hatte keine Ahnung, welcher der zwei Männer der ehrgeizigere war, aber als Craigs Cousin gewann, stolzierte er herum wie ein Pfau.

„Du darfst die nächste Bude aussuchen." Craig

blieb stehen und wartete auf Kates Antwort.

Sie schaute sich auf dem Gelände um, aber ehrlich gesagt war sie immer diejenige, die Handtaschen, Luftballons oder Snacks hielt, während ihre Freundinnen Achterbahn oder sonst was fuhren. Nachdem die Mitglieder der Familie Baron offenbar sehr wettbewerbsorientiert waren, wollte sie nicht unbedingt gegen Craig oder einen seiner Verwandten spielen. „Schade, dass ihr keine Bowlingbahn habt. Das würde ich gern machen."

„Du kegelst gern?"

„Ich habe es früher geliebt. In der Highschool gingen meine Freunde und ich jeden Sonntagnachmittag auf die Kegelbahn. Ich war zwar nicht unbedingt ein Profi, aber es hat mir viel Spaß gemacht. Und meistens habe ich alle Neune umgehauen." Sie suchte das Gelände noch immer ab und war sich nicht sicher, was sie wählen sollte. Aber dann sah sie es – ein Wasserbecken. Jedes Mal, wenn sie in einem Film oder einer Fernsehsendung eines gesehen hatte, war sie der Meinung gewesen, das sähe nach Spaß aus. Vielleicht war es ein Grundbedürfnis, um ihren Frust über diese verrückte Welt loszuwerden, aber sie wollte es unbedingt versuchen. Und wer weiß, vielleicht würden sich ihre Fähigkeiten im Maissack-Werfen auch auf das Werfen von Bällen übertragen. „Ist das auch ein Verwandter am Wasserbecken?"

Craig folgte der Richtung, in die ihre Hand zeigte. Seine Augen leuchteten auf, und sein Lächeln wurde strahlender. „O ja! Das ist Adam. Ich kann nicht glauben, dass jemand meinen ernsten Cousin, den Versicherungsmathematiker, überredet hat, am Wasserbecken die Stellung zu halten." Er drehte sich wieder zu Kate um. „Hast du das drauf?"

Sie zuckte mit den Schultern. „Ich weiß es nicht. Ich habe es noch nie versucht."

„Wenn du am Wasserbecken nur halb so gut bist wie beim Maissack-Werfen, dann wird das der Hammer."

Er hakte sich bei ihr unter und zog sie zu der Falltür, auf der sein Cousin über dem ruhigen Wasserbecken saß. „Hundert Dollar für die Spendenaktion und weitere hundert für deine favorisierte Wohltätigkeitsorganisation, wenn du Adam ins Wasser beförderst."

Kate hatte das Gefühl, dass es sich hierbei wieder um eine freundliche, liebevolle Neckerei handelte, oder zumindest hoffte sie das. Craig bezahlte seine Schwester Eve, die das Geld einsammelte und die Softbälle verteilte. Kate hatte gehofft, dass diese etwas schwerer wären, aber zumindest hatte sie mit ihrem größeren Ball eine höhere Chance, ins Schwarze zu treffen.

Sie hielt ihn in ihrer rechten Hand, um ein Gefühl für ihn zu bekommen, und konzentrierte sich auf die Metall-Zielscheibe. In der Schule hatten die Sportlehrer den Schülern immer gesagt, dass sie den Ball im Auge behalten sollten, egal ob sie Tennis, Baseball oder Feldhockey spielten. Hoffentlich galt das auch für die Zielscheibe bei diesem Wasserbecken. Mit starr nach vorn gerichtetem Blick presste sie die Lippen aufeinander, holte aus und warf den Softball. Obwohl sie die Zielscheibe um gut anderthalb Meter verfehlte, grinste Craig und feuerte sie an: „Toller Wurf! Du schaffst das."

Allerdings war sie selbst von ihren Fähigkeiten weniger überzeugt wie er. Sie verlagerte das Gewicht auf ihr rechtes Bein, starrte auf die Zielscheibe, hörte auf zu blinzeln und warf den Ball. Wieder verfehlt.

„Das ist okay. Langsam kriegst du den Dreh schon raus." Craig lächelte sie an. „Du schaffst das bestimmt."

Sie wünschte, sie hätte so viel Vertrauen in ihre Fähigkeiten wie er. Sie hatte noch drei Bälle zum Werfen. Aber wie peinlich würde es sein, das Schwarze fünfmal verfehlt zu haben.

Eve beugte sich über den Tresen, bedeutete Kate mit dem Zeigefinger, näherzukommen, und sagte mit leiser Stimme: „Du solltest ein bisschen nach rechts rücken, da du immer zu weit drüben triffst."

„Zu weit drüben." Kate nickte. „Verstanden. Danke."

Eve warf ihrem Cousin einen Blick über die Schulter zu und wandte sich dann mit einem strahlenden Lächeln wieder an Kate. „Du schaffst das."

Warum sagten das alle immer wieder zu ihr? Sie ging ein paar Schritte nach rechts, warf den Ball ein paarmal in die Luft und fing ihn wieder auf, wobei sie so tat, als ob sie ein Gefühl für ihn bekommen wollen würde. Aber in Wirklichkeit betete sie um Inspiration oder ein Loch, das sich unter ihren Füßen auftat. Sie murmelte zu sich selbst: *„Das wird sowieso nichts"* und warf den Ball erneut.

Aber diesmal flog der Ball direkt auf die Zielscheibe zu. Sie beugte sich leicht nach links und lehnte sich vor, die Hände wie zum Gebet gefaltet, als der große weiße Ball mit der Metallscheibe zusammenstieß. Eine Glocke ertönte. Die Falltür fiel unter Craigs Cousin weg, und das eingebildete Grinsen verschwand aus Adams Gesicht, als er im Wasser landete.

„Ich hab's geschafft!" Vor lauter Aufregung über ihren unerwarteten Erfolg drehte sie sich um und schlang die Arme um Craigs Hals. Sie wiederholte ihren triumphalen Ausruf: „Ich habe es wirklich geschafft!"

Craig legte die Arme um ihre Taille, während er ihr leise ins Ohr murmelte: „Ja, das hast du."

KAPITEL SIEBEN

Kate hatte keine Ahnung, warum sie sich gestern Abend die Mühe gemacht hatte, früh ins Bett zu gehen. Sie hätte genauso gut aufbleiben und sich Werbespots ansehen können. Vielleicht hätte die Langeweile sie dann umgehauen. Stattdessen rollte sie sich bei den ersten Strahlen der Morgensonne aus dem Bett und verbrachte die nächste Stunde damit, an ihrem Kaffee zu nippen und in ihren Kleiderschrank zu starren.

Der gestrige Tag war der absolute Knaller gewesen und sie hatte sich köstlich amüsiert. Zuerst hatte sie den Barons beim Spielen zugesehen. Ihr starker Drang nach Gewinnen war faszinierend gewesen. Dann hatte sie selbst mitgespielt. Am Ende des Abends war sie sowohl im Maissack- als auch im Hufeisenwerfen viel besser geworden und hätte sich vor Lachen fast in die Hose gemacht, als die Erwachsenen die Hüpfburg betreten hatten, nachdem die Veranstaltung offiziell für beendet erklärt worden war.

Trotz des immensen Wohlstands, der aus jeder Ecke des prächtigen Hauses und des herrlichen Geländes drang, hatten die Mitglieder dieser Familie sich wie jede andere auch amüsiert, gestritten, gelacht, einander geneckt. So nervös sie anfangs in dem riesigen Haus auch gewesen war, es hatte nicht lange gedauert, bis sie das Gefühl gehabt hatte, diese Familie schon ihr ganzes Leben zu kennen.

„Du lächelst." Mit einer Tasse in der Hand setzte sich Joan auf die Bettkante und pustete auf ihr morgendliches Heißgetränk.

„Tue ich das?" Kate wusste, dass sie das tat. Auch wenn sie völlig ratlos war, was sie heute Nachmittag anziehen sollte, konnte sie nicht anders, als angesichts der Erinnerungen an den vergangenen Abend zu grinsen. Wieder und wieder ließ sie sie vor ihrem geistigen Auge ablaufen. Vor allem die unerwartete Umarmung, nachdem sie Adam ins Wasserbecken befördert hatte, und die Wärme von Craigs Atem, der ihr etwas ins Ohr geflüstert und ihr dadurch ein Kribbeln über den Rücken bis zu den Zehen beschert hatte.

„Okay, jetzt strahlst du geradezu. Wenn du gestern Abend nicht vor mir zu Hause gewesen wärst, würde ich sagen, dass es eine Romanze gibt, die dich zum Lächeln bringt."

„Natürlich nicht!" Kate schüttelte den Kopf. Auch wenn sie vor einer Million Jahren mit Craig auf dem College gewesen war, kannte sie ihn kaum. Verdammt, sie waren nicht einmal zusammen. Noch nicht. Aber vielleicht bald.

„Jetzt runzelst du die Stirn? Was zum Teufel ist los?"

„Ich weiß nicht, was ich anziehen soll." Das war zwar nur ein Teil der Wahrheit, aber egal.

„Wohin gehst du?"

„Ich weiß es nicht."

Joan zog ihre perfekt gezupften Augenbrauen zusammen. „Was soll das heißen, du weißt es nicht?"

Kate starrte auf ihre schwarze Capri-Hose. Nicht so lässig wie Shorts, nicht so warm wie lange Hosen. „Das wollte er mir nicht sagen."

„Er? Wer ist *er*?"

„Craig." Vielleicht wäre der Jeansrock eine gute Wahl.

„Craig?" Die tiefen Furchen zwischen den Brauen ihrer Mitbewohnerin blieben bestehen, dann wurden ihre Augen plötzlich rund wie Teller. „Warte mal! Du hast eine Verabredung mit dem Typen, der deine Eule vertreiben will?"

„Es ist keine Verabredung. Und er wird der Eule nichts zuleide tun." *Noch nicht.* Sie holte ein schlichtes hellblaues, ärmelloses Kleid aus dem Schrank und hielt es Joan entgegen. „Meinst du, das ist eine gute Wahl für eine Einladung am Nachmittag?"

Joan starrte auf das Kleid. „Wenn ihr zusammen Kaffee trinken geht, ja. Wenn ihr in den Zoo geht, nicht wirklich. Und du überspringst das ganze interessante Zeug. Wie kommt es, dass aus einer nachmittäglichen Spendenaktion ein geheimes Rendezvous wird?"

„Du hast zu viele Liebesromane gelesen! Es ist weder ein Rendezvous noch geheim. Ich habe nur einfach keine Ahnung, wohin wir gehen werden. Er sagte nur, ich solle etwas Bequemes anziehen."

„Nun, das bedeutet normalerweise kein Kleid."

„Aber es *ist* bequem."

„Für dich, ja. Aber ich bezweifle, dass er so etwas im Sinn hatte."

Kate seufzte. „Vielleicht kann ich besser nachdenken, wenn ich noch etwas Kaffee getrunken habe."

„Etwas zu essen kann auch nicht schaden." Joan stand auf und legte ihre freie Hand auf den Rücken ihrer Freundin. „Das ist doch nicht so kompliziert. Deine neue Jeans passt dir wie angegossen, und sie sieht ganz toll zu dem hellgrünen Top aus, das deine Augen so leuchten lässt."

„Meinst du?" Kate zog die kurzärmelige Bluse aus ihrem Kleiderschrank.

„Ja, bestimmt. Und sobald ich dir etwas zu essen gegeben habe, erzählst du mir alles über diesen Baron, der dein sehr kompetentes Gehirn in Schweizer Käse verwandelt hat.“

„Da gibt es nichts zu erzählen“, wandte Kate ein, wusste aber eigentlich ganz genau, dass ihre Freundin ihr das nicht abkaufte.

Craig zweifelte nicht oft an sich selbst, aber seit er sich gestern Abend von Kate verabschiedet hatte, hatte er genau das getan. Warum hatte er sich so viel Mühe gegeben, seine Pläne geheim zu halten? Was, wenn ihr seine Idee nicht gefiel? Was, wenn sie etwas Ausgefalleneres erwartet hatte? Etwas Kreativeres oder Romantischeres? Nicht, dass sie einen Grund hätte, Romantik von ihm zu erwarten, aber trotzdem. Und da waren sie wieder, seine Zweifel.

Mit dem Autoschlüssel in der Hand ging er zur Haustür und holte tief Luft. Da tauchte seine Großmutter auf einmal hinter ihm auf.

„Noch ein Date?“ Sie lächelte.

Einen Moment lang überlegte er, ihr zu sagen, dass es kein Date war, aber obwohl er es Kate gegenüber nicht so formuliert hatte, wusste er genau, dass es sich sehr wohl um ein solches handelte. „Irgendwie schon.“

„Irgendwie?“ Sie zog die Brauen hoch. „Vielleicht würde es besser laufen, wenn du dir sicherer wärst.“

War das nicht der Inhalt seiner morgendlichen mentalen Debatte gewesen? „Ja, Ma'am. Ich weiß, dass es eine Verabredung ist, ich bin mir nur nicht so sicher, ob sie es auch weiß.“

„Ah.“ Lilas Lächeln wurde breiter. „Mach dir nicht so viele Sorgen. Ich wette, sie weiß es auch.“

„Ich hab dich lieb, Grandma.“ Er beugte sich vor und küsste sie auf die Wange.

Lila Baron kicherte wie ein Schulmädchen und

klopfte ihrem Enkel sanft auf den Arm. „Geh und gewinn sie für dich!"

Seine Großmutter stand noch in der Tür, als er davonfuhr. Diese Frau war bedingungslose Liebe in Person. Er wollte nicht daran denken, wie das Leben aussehen würde, wenn sie oder der Gouverneur nicht mehr da wären. Er drehte den Kopf hin und her und schüttelte diese Gedanken ab. Stattdessen wählte er eine bestimmte Nummer, als er auf die Hauptstraße fuhr. „Hey, Fred. Sind wir so weit?"

„Ja, Sir, Mr. Baron. Genau das, was Sie wollten. Wir sind bereit, wenn Sie es sind."

„Gut. Wir werden in etwa einer Stunde da sein."

„Kein Problem."

Nachdem er aufgelegt hatte, drehte er den Lautstärkeregler des Radios hoch, um nicht wieder von vorn anzufangen und alles infrage zu stellen. Die Fahrt in die Stadt verging schneller, als er erwartet hatte. Das Erste, was ihm auffiel, war, dass Kate einen neuen Topf mit Blumen auf die Verandatreppe gestellt hatte. Diese Frau hatte wirklich ein Händchen für alles Lebendige, ob Pflanze oder Tier. Die Erinnerung daran, wie sie über das Kalb gekichert hatte, das ihr das Gesicht abgeleckt hatte, zauberte ihm ein Lächeln ins Gesicht.

Wie neulich flog die Tür auf, bevor er klopfen konnte. „Hallo. Ich …"

„Sie haben mich kommen sehen", beendete er den Satz für sie.

Kate nickte, und mit den Händen an den Hüften machte sie eine halbe Drehung. „Ist das okay? Oder soll ich mir etwas anderes anziehen?"

„Perfekt." Soweit es ihn betraf, war alles an ihr perfekt. Von ihren Riemchensandalen über die Jeans, die ihre Kurven umschmeichelte, bis hin zu ihrem süßen Lächeln und den funkelnden grünen Augen. Absolut perfekt.

„Ich gebe offen zu, dass ich heute etwas verunsichert bin", sagte Kate, nachdem sie sich auf den Beifahrersitz gesetzt hatte.

„Warum das?"

„Mit jemandem, den man gerade erst kennengelernt hat, in ein Auto zu steigen und nicht zu wissen, wohin man fährt, ist etwas, wovor einen die eigene Mutter oft gewarnt hat. Ganz zu schweigen vom Beginn vieler guter oder schlechter Horrorfilme."

Das brachte Craig zum Lachen. Sie hatte recht, was die Horrorfilme anging.

„Nichts für ungut", fügte sie hinzu.

„Schon gut. Allerdings", er sah sie an und lächelte auf, wie er hoffte, beruhigende Weise, „habe ich noch nie einen Horrorfilm produziert."

Sie neigte den Kopf und lehnte sich gegen die Tür. „Wie sind Sie vom Filmemachen zum Aufbau eines Studios gekommen? Ich meine, es gibt doch viele Produzenten, die kein eigenes Studio besitzen?"

„Richtig, aber viele tun das sehr wohl."

Sie nickte. „Sie machen also nur, was alle machen?"

Die Art und Weise, wie sie die Brauen zusammenzog, machte deutlich, dass sie ihn bereits gut genug kannte, um dieses Konzept infrage zu stellen. Er lächelte und schüttelte den Kopf. „Nein. Es ist praktisch. Filmemacher erhalten staatliche Zulagen, wenn sie Studios in abgelegenen Gegenden aufbauen – für texanische Verhältnisse. Momentan ist Kanada am beliebtesten. Ehrlich gesagt, verliert das Hin- und Herfliegen zu den Drehorten seinen Reiz."

„Das kann ich gut verstehen."

„Außerdem habe ich ein großes Projekt vor mir, und wenn ich die Möglichkeit hätte, an einem Ort zu drehen, anstatt die Crew zu verschiedenen Drehorten zu schicken, wäre das eine enorme Kostenersparnis. Ganz zu schweigen von dem logistischen Albtraum, der mit der Koordinierung all dessen verbunden ist."

„Wird es nicht viel zu lange dauern, ein Studio zu bauen?"

Er nickte. „Alles, was ich zu tun gedenke, ja. Erste Bauarbeiten für die sofortige Verfilmung kleinerer Projekte – nicht wirklich. Vom Kauf der Rechte an einem Film bis zum tatsächlichen Beginn der Dreharbeiten dauert es viel länger, als man denkt. Das liegt vor allem daran, dass es so viele Beteiligte gibt, die sich in der Regel nicht mögen oder nicht miteinander reden, sodass alles zehnmal länger dauert als in der normalen Geschäftswelt."

„Na, das klingt ja wundervoll!" Obwohl sie ihn anlächelte, war der Sarkasmus in ihrer Stimme nicht zu überhören.

„Wissen Sie", sein Grinsen wurde breiter, „das ist es wirklich. Einen Deal abzuschließen, macht oft mehr Spaß als der Prozess oder das fertige Produkt."

„Ich mag es, wenn ein Projekt abgeschlossen ist und ich die Früchte meiner Bemühungen sehen kann."

Der Wagen wurde langsamer, und Craig fuhr auf den Parkplatz der Bowlingbahn. So beiläufig, wie es ihm möglich war, schaute er sie an, um ihre Reaktion zu erfassen. Erst als er in eine Lücke auf dem fast leeren Parkplatz einfuhr, blickte sie auf und sah das Schild.

„Wir gehen zum Kegeln?" An ihrem Tonfall konnte er nicht erkennen, ob das etwas Gutes oder etwas Schlechtes war.

„Es sei denn, Sie möchten das nicht?" Da waren sie wieder, seine Zweifel.

Sie drehte sich auf ihrem Sitz zu ihm, ihre Augen funkelten und ihr Grinsen war so breit, dass es fast bis zu ihren Ohren reichte. „Ich liebe Bowling!"

„Das haben Sie erwähnt." Er unterdrückte ein

erfreutes Lächeln über ihre enthusiastische Antwort, löste seinen Sicherheitsgurt, stieg aus, umrundete die Motorhaube und erreichte ihre Tür, bevor sie ganz aus dem Auto gestiegen war.

Als sie sich aufgerichtet hatte, sah sie ihn blinzelnd an, und ihr Grinsen verwandelte sich in ein sanftes Lächeln. „Sie haben sich daran erinnert."

Er nickte und hoffte, dass seine Wangen nicht knallrot geworden waren, weil sie ihn so entzückend ansah.

Als sie das Gebäude betraten, waren da nicht das normale Brummen der rollenden Kugeln, die Gespräche der Leute und das Klappern der umfallenden Kegel.

Kate blieb kurz vor der Rezeption stehen und musterte die Umgebung. „Kegeln die Leute heutzutage gar nicht mehr?"

„Klar tun sie das." Es hatte keinen Sinn zu erwähnen, dass er die Bahn für diesen Nachmittag für sich allein gemietet hatte. Es hatte ein wenig Überredungskunst und viel Bares gekostet, aber einer der Vorteile, ein Baron zu sein, bestand darin, nicht aufs Geld schauen zu müssen.

Ein junger Mann an der Rezeption lächelte sie an. „Möchten Sie Schuhe ausleihen? Oder haben Sie eigene?"

Craigs erster Impuls war gewesen, zum Sportladen zu gehen und ihnen jeweils ein Paar Schuhe zu kaufen. Aber der gesunde Menschenverstand hatte ihn daran erinnert, dass die meisten Bowlingspieler Schuhe ausliehen und seines Wissens noch keiner an Läusen gestorben war. „Welche Größe haben Sie?"

Als sie darauf geantwortet hatte, reichte ihr der Angestellte ein Paar ziemlich neu aussehende Schuhe. „Brauchen Sie auch Socken?"

„Sie verleihen Socken?", fragte Craig ungläubig.

Der Junge lachte. „Nein, Sir. Wir verkaufen sie."

„Wir nehmen zwei Paar."

Bowling hatte sich sehr verändert, seit er das letzte Mal auf einer Bahn gestanden hatte. Alles war elektronisch. Es gab keine Zettel mehr, keine Punktezähler, keinen Streit darüber, wie viele Punkte eine Runde eingebracht hatte, und schon gar keinen Betrug.

„Sind Sie bereit, Ihren Hintern versohlt zu bekommen?" Kate stand am Rand der Bowlingbahn, ihre Füße waren auf die Punkte auf den Holzbrettern ausgerichtet. Sie konzentrierte sich einen Moment lang, die Kugel vor sich haltend, machte drei lange Schritte und schwang den Arm nach hinten. Die Bowlingkugel schlug auf der Bahn auf, rollte geradeaus und machte dann gerade noch rechtzeitig einen Bogen, um den ersten Kegel zu treffen. „Treffer!"

Normalerweise würde so viel Enthusiasmus nur sein Konkurrenzdenken anheizen, aber bei ihr sah es so verdammt süß aus, dass er nur grinsen konnte.

Es war schon eine Ewigkeit her, dass er gebowlt hatte, aber es war wie Fahrradfahren, man vergaß es nie. Er stellte sich in die Mitte der Bahn, hob eine Kugel auf und starrte vor sich. Es war wirklich viel Zeit vergangen. Craig ermahnte sich innerlich, auf seine Schritte zu achten, auf seinen Daumen, aber bevor er eine Bewegung machen konnte, kicherte Kate hinter ihm.

„Brauchen Sie ein paar Tipps?", rief sie.

Er erwiderte nichts darauf, drehte sich nur um und warf ihr den tödlichen Baron-Blick über eine Schulter zu. „Gleich sind Sie wieder dran."

In den folgenden Stunden lieferten sie sich ein Kopf-an-Kopf-Rennen von einem Spiel zum nächsten. Sie hatte das erste gewonnen. Er hatte das als Training bezeichnet. Dann hatte er das zweite gewonnen, und jetzt hatten sie Gleichstand. Er konnte sich nicht erinnern, wann er das letzte Mal so viel Spaß gehabt hatte. Ihr Konkurrenzgehabe war spielerischer geworden, sie hatten gelacht, sich gegenseitig abgeklatscht, einander gehänselt und dekadent fettiges Essen zu sich genommen. Die Wettkämpfe mit seiner Familie waren immer sehr laut und angespannt, und oft waren sie mit Murren und sogar ein wenig Fluchen verbunden. Das hier war perfekt.

Mehr als einmal musste er zurücktreten und dem Drang widerstehen, sie zu umarmen und ihr einen Glückwunschkuss zu verpassen.

„O verdammt!" Kate sah auf ihre Uhr. „Wie konnte es nur so spät werden?"

„Man sagt ja, dass die Zeit schneller vergeht, wenn man Spaß hat."

Sie beugte sich nach unten, um ihre Schuhe aufzubinden, und blickte zu ihm auf. „Das hat wirklich Spaß gemacht. Ich danke Ihnen vielmals."

Nach ein paar Minuten saßen sie im Auto und fuhren zurück zu ihrem Haus.

„Ich hatte fast vergessen, wie viel Spaß mir Bowling macht." Kate strich ihr Haar zurück und klemmte es mit einer Spange im Nacken fest. „Ich wünschte, ich müsste diesen verflixten Bericht nicht fertig schreiben, dann hätten wir länger spielen können."

„Wir werden es wieder tun."

„Ich werde Sie daran erinnern."

„Ich verlasse mich darauf." Er nutzte die Gelegenheit, streckte einen Arm über die Mittelkonsole und drückte kurz ihre Hand. Daraufhin wurde er mit einem noch breiteren Lächeln belohnt als gerade eben. „Wird der Bericht lange dauern?"

„Ich hoffe nicht. Es handelt sich um eine Evaluation vor einem Gerichtsprozess. Eine Nachbarschaftsvereinigung verklagt eine alte Farbenfabrik, weil sie die vereinbarten Sanierungsarbeiten nicht abgeschlossen hat, um eine Strafverfolgung zu vermeiden. Das Unternehmen hat mich gebeten, einen Bericht zu verfassen, der besagt, dass das Gelände gereinigt und für die Nachbarschaft sicher ist."

„Oh, oh."

„Ja. Offensichtlich hat ihnen niemand gesagt, dass ich nicht bestechlich bin. Ich mache meinen Job und glaube nicht, dass ihnen meine Meinung gefallen wird."

„Autsch!"

„Das ist genau der richtige Ausdruck." Sie drehte sich zu ihm und sah ihn an. „Ich will nicht darüber nachdenken, bis ich es muss. Wir sind vorhin vom Thema abgekommen. Haben Sie schon einen Ort für Ihr Studio gefunden?"

„Ja, habe ich. Das Martin-Anwesen wird perfekt dafür sein."

„Was?"

KAPITEL ACHT

Das Martin-Anwesen war nicht die Antwort, die Kate erwartet hatte.

„Der Standort ist perfekt."

„Aber die Eule?"

„Ist ein Vogel. Hier geht's ums Geschäft."

Plötzlich hatte sich Mr. Nice Guy in Sekundenschnelle in Mr. Rich Guy verwandelt. „Sie können nicht bauen, wenn eine geschützte Art an diesem Ort nistet. Ihr Studio wird den neuen Lebensraum der Eule zerstören."

„Wissen wir denn, ob sie nistet? Vielleicht hält sie sich auch einfach so an diesem Ort auf."

Sie hätte wissen müssen, dass das passieren würde. „Ob man nistet oder rastet, ist eigentlich egal. Es geht um den Lebensraum. Wir müssen die Lebensräume der Tiere schützen. „

„Einverstanden."

„Was?" Wieder nicht das, was sie erwartet hatte. Wollte er sie mit Absicht verwirren?

„Wir müssen die Umwelt schützen. Der Himmel weiß, dass meine Familie an vorderster Front steht, wenn es darum geht, die Unterprivilegierten, die Benachteiligten und, soweit ich weiß, die bald Ausgestorbenen zu verteidigen. Aber …"

Natürlich gab es ein Aber. Sie verschränkte die Arme und konnte es kaum erwarten zu hören, was für ein selbstgefälliges Geschwätz er von sich geben würde.

„Nach allem, was wir wissen, ist die Eule bereits zu einer anderen Scheune und einem anderen verlassenen Nest weitergezogen."

Sie musste zugeben, dass er recht haben könnte, aber sie bezweifelte es. „Egal, wie sorgfältig Sie planen, um die Umgebung so wenig wie möglich zu belasten, es wird immer noch einen größeren Einfluss auf die Natur ausüben als eine Ranch. Es wäre einfacher für Sie, sich einen Ort zu suchen, der keinen natürlichen Lebensraum für Wildtiere darstellt, insbesondere für geschützte oder gefährdete Arten."

„Zu spät. Wir haben den Deal am Donnerstag abgeschlossen. Es gehört alles mir, mit allem Drum und Dran."

„Und mit der Eule." Sie konnte sich den bitteren Tonfall nicht verkneifen. „Sie sollten wissen, dass ich mich morgen mit einem Mitarbeiter vom Verein für Fische und andere Wildtiere treffe."

Craig hob eine Augenbraue höher als die andere, als er einen Seitenblick in ihre Richtung warf. „Ich verstehe. Müssen die nicht die Landbesitzer benachrichtigen?"

„Ich bin sicher, dass die Familie Martin benachrichtigt worden ist. In Texas werden Immobilienverkäufe nicht gerade zeitnah registriert."

„Wem sagen Sie das …", erwiderte er seufzend. „Aber es ist Privatbesitz, und wie Devlin schon sagte, ist das Betreten des Grundstücks ohne Erlaubnis Hausfriedensbruch."

„Wollen Sie mir die Polizei auf den Hals hetzen?"

„Natürlich nicht."

„Dann hätten wir das geklärt." Sie zerrte an ihrem Sicherheitsgurt und drehte sich um, um ihn wieder anzusehen. „Aber was *wollen* Sie dann tun?"

„Zunächst einmal keine voreiligen Schlüsse ziehen. Wir haben vielleicht ein wenig Zeit. Ein Projekt von der Größe, das mir vorschwebt, entsteht schließlich nicht über Nacht. Es braucht Architekturzeichnungen, Ingenieurberichte, Genehmigungsanträge. Natürlich wird mein Cousin Porter der Generalunternehmer sein, sodass ich keine Angebote von Bauunternehmen einholen muss."

„Ist das ein kluges Vorgehen?" Ihre Verärgerung über seine Missachtung der Umwelt begann abzuflauen, als ihr klar wurde, dass nichts von dem, worüber er sprach, schnell zustande kommen würde. Nicht, dass es eine Rolle spielte, wenn die Eulen seine Scheune zu ihrem neuen – und dauerhaften – Zuhause machen wollten. Sie war zwar nicht in der Immobilienbranche tätig, aber selbst sie wusste, dass es nicht klug war, einen Bau ohne mindestens drei Angebote durchzuführen.

Als er sich ihr zuwandte, erwartete sie einen vernichtenden Blick. Stattdessen wurde sie mit einem Lächeln und einem leisen Lachen konfrontiert. „Normalerweise wäre ich der Erste, der sagen würde, dass das überhaupt nicht klug ist, aber wir Barons leben nach einer Vielzahl von Regeln. Eine davon lautet: Die Familie hält zusammen. Wir unterstützen uns gegenseitig, wir trösten uns, und wir betrügen nie. Porter wird zu einem vernünftigen Preis kommen, und was noch wichtiger ist, er wird mir den Rücken freihalten. Alles wird richtig gemacht werden. Vielleicht sogar besser."

Sie war sich nicht sicher, ob er die Familie über den Profit stellte, oder ob er sich darauf verließ, dass die Familie ihm einen fetten Gewinn einbrachte. Aber ihr Bauchgefühl sagte ihr, wenn es hart auf hart käme und Craig sich zwischen dem Vogel und seinem

Bauplan entscheiden müsste, hätte der Vogel keine Chance.

In dem Moment, in dem er sie über seine Wahl des Martin-Anwesens informiert hatte und ihre Reaktion das Wort *was* gewesen war, hatte Craig gewusst, dass er in Schwierigkeiten steckte. Was er nicht wusste, war, wie er da wieder herauskommen sollte. Geschäft war Geschäft, aber im Moment überlegte er, ob es nicht das Richtige wäre, sich von dem Immobilienprojekt zu trennen.

„Wir treffen uns um zwölf Uhr." Kate lehnte sich zurück. „Ted hat schon an anderen Projekten mit mir gearbeitet. Da ich nicht nahe genug herankommen konnte, um gute Fotos zu machen, muss er überprüfen, ob sich Eier oder Jungtiere im Nest befinden und ob die erwachsene Eule markiert ist."

„Markiert?"

„Ja, Umweltschützer kennzeichnen und wiegen alle geschlüpften Jungtiere und verfolgen sie dann ihr ganzes Leben lang. Migrationsmuster und so weiter."

„Das ergibt Sinn. Wenn es also keine Eier oder Babyvögel gibt und die Mutter bereits markiert wurde, sind wir dann aus dem Schneider?"

„Man muss auch an den erwachsenen Vogel denken. Bautätigkeit, Lärm, Erschütterungen und das allgemeine Chaos können einen Vogel stressen."

„Sie machen Witze!" Er konnte sich ein Lachen nicht verkneifen. „Ich kann diesen Vögeln zeigen, was Stress ist."

Kate verdrehte die Augen und seufzte. „Sie wissen, dass ich keine Scherze mache."

„Ja, ich fürchte, das weiß ich. Aber man kann es

einem Mann nicht verübeln, wenn er es versucht." Jetzt musste er nur noch einen Weg finden, seine Banker, seine Produktionsfirma, Kate und die Vögel glücklich zu machen. „Wie gut kennen Sie diesen Typen vom Verein für Fische und andere Wildtiere?"

„Ein wenig. Warum?"

„Ist er ein Regelbefolger oder denkt er über den Tellerrand hinaus?"

Aufgrund des langen Schweigens konnte er nur vermuten, dass die Frage sie entweder verblüfft oder zum Nachdenken gebracht hatte.

„Er ist definitiv ein Regelbefolger. Das ist bei den meisten Vereinsmitarbeitern der Fall. Aber ich habe keine Ahnung, wie es ist, über den Tellerrand hinauszuschauen."

„Ich verstehe." Vielleicht musste er selbst ein paar Nachforschungen anstellen. Brooklyn war zweifellos ein hervorragender Detektiv, aber Craig war sich sicher, dass Eulen nicht zu den Spezialgebieten des ehemaligen Navy Seals gehörten. Obwohl Craig über ausgezeichnete Mitarbeiter verfügte, darunter auch welche, die durchaus in der Lage waren, ein wenig zu recherchieren, wollte er in diesem Fall die Sache mit der geschützten Spezies und die potenziellen Probleme, die damit einhergehen konnten, nicht an die große Glocke hängen. Zumindest so lange, bis er weitere Informationen hatte. „Wir werden wahrscheinlich beide bis morgen Antworten haben."

Sie nickte. „Ja. Ich werde Ihnen Bescheid sagen."

„Das wollen Sie tun?" Er wandte den Blick kurz von der Straße ab und schaute in ihre Richtung. „Um wie viel Uhr kommt er?"

„Ich weiß es nicht. Morgen früh. Er sollte mir heute Abend Bescheid geben." Sie schaute auf ihr Handgelenk. „Ich vermute, es wird gleich morgen früh sein."

„Ich habe morgen ein Treffen mit dem Ingenieur.

Vielleicht auch mit dem Architekten. Ich vermute, wir werden unsere Antworten eher früher als später erhalten."

„Handelt es sich dabei um weitere Familienmitglieder?"

„Wie bitte?" Diesmal hielt er den Blick auf die Straße gerichtet.

„Bei dem Architekten und dem Ingenieur."

„Oh." Er lächelte. „Beim Ingenieur, ja. Beim Architekten, nein. Einer meiner Cousins ist zwar einer, aber er ist auf Restaurierungen spezialisiert."

„Wenn etwas restauriert werden muss, dann ist es diese Scheune."

„Vielleicht, aber sie wird nicht restauriert, sondern umgebaut, und die Struktur kann nicht erhalten werden, wenn sie für eine Tonbühne genutzt werden soll."

„Ton", murmelte Kate und rutschte nach vorn, sagte aber kein weiteres Wort.

Craig hatte keine Ahnung, wie sich das Ganze lösen lassen konnte. Ihm blieb lediglich zu beten, dass die Eule auf dem Weg nach Mexiko war. Obwohl er Kate gesagt hatte, dass die Dinge in diesem Geschäft langsam abliefen, hatte er die Absicht, alles so schnell wie möglich zu erledigen. Er konnte nur hoffen, dass der Vogel ihm keinen Strich durch die Rechnung machen würde.

Die restliche Fahrt zu ihrem Haus verlief größtenteils in peinlichem Schweigen und mit minimaler Unterhaltung. Er hatte versucht, auf das Bowlingspiel zurückzukommen. Das hatte zumindest ein Lächeln auf Kates Lippen gezaubert, aber das Glitzern in ihren Augen von vorhin war noch nicht wieder aufgetaucht. Es war gut, sich auf neutrale Themen wie die gestrige Spendenaktion, den Streichelzoo und die vielen Erwachsenen, die sich in der Hüpfburg zum Narren gemacht hatten, zu beschränken, aber dieser verflixte

Vogel und sein mögliches Nest hingen wie eine dunkle Wolke über ihnen. In seinem Bauch bildete sich ein dicker Knoten, und der hatte nichts mit dem umfangreichen Studioprojekt zu tun, sondern mit der realen Möglichkeit, Kate Donovans Gunst zu verlieren. Das Gefühl war nicht viel anders als das, das er damals im College gehabt hatte, als er sie jeden Tag mit diesem lächelnden Macho hatte kommen und gehen sehen.

Als er in ihre Einfahrt fuhr, war er hin- und hergerissen zwischen dem Wunsch, ein paar Stunden Zeit zu haben, um über seinen nächsten Schritt nachzudenken, und der Verzweiflung darüber, dass er gute Nacht sagen musste. Er hoffte, dass er sich nicht für immer würde verabschieden müssen.

„Danke für einen schönen Tag." Ihr Lächeln war aufrichtig, aber nicht mehr so strahlend wie am Vortag.

„Gern geschehen. Ich hatte auch eine wirklich tolle Zeit." Eigentlich wollte er es nicht ansprechen, aber es gab keine Möglichkeit, es zu vermeiden. „Sehen wir uns morgen?"

Sie nickte. „Ich schicke Ihnen eine Nachricht, wenn ich weiß, wann Ted da sein wird."

„Klingt nach einem guten Plan."

Erneut nickte sie. Ihr Lächeln war schwächer geworden und wirkte eher gezwungen als aufrichtig. Es würde ihn nicht wundern, wenn ihr Gesicht von der Anstrengung schmerzte. Er eilte um das Auto herum, aber als er die Beifahrerseite erreichte, war sie bereits ausgestiegen.

Das steife Lächeln immer noch auf ihrem hübschen Gesicht umfasste sie ihre Handtasche fester und machte einen kleinen Schritt zurück. „Bis morgen!"

Diesmal nickte er schweigend. Er lehnte sich gegen das Auto und sah ihr nach, während sie den Weg zu ihrer Tür hinaufging, den Schlüssel ins Schloss steckte und mit einem letzten Winken ins Haus schlüpfte und die Tür schloss.

Er stieß sich vom Kotflügel ab, ging langsam zur Fahrerseite und seufzte schwer. Irgendwie konnte er sich des Eindrucks nicht erwehren, dass er eine bessere Chance hätte, Kate für sich zu gewinnen, wenn sein einziger Konkurrent Mr. College-Hottie wäre. Niedliche und gefährdete Eulen konnten ihn problemlos übertrumpfen, und dieser Gedanke gefiel ihm überhaupt nicht.

KAPITEL NEUN

„Du bist aber ganz schön früh auf!" Joan band die widerspenstigen Strähnen ihres langen blonden Haars zu einem unordentlichen Dutt auf ihrem Kopf zusammen und unterdrückte ein Gähnen.

Kate traute sich nicht, ihrer Mitbewohnerin zu sagen, dass es eher so war, dass sie zu lange auf gewesen war. Sie hatte versucht, ins Bett zu gehen und ein wenig zu schlafen. Aber nachdem sie sich fast eine Stunde lang hin und her gewälzt hatte, hatte sie sich aufgesetzt und sich ein schlechtes Buch gegriffen, in der Hoffnung, dass es sie zum Einschlafen bringen würde. Das hatte allerdings nicht geklappt. Nach einer weiteren Stunde hatte sie beschlossen, die Schubladen auszuräumen, was sie schon seit einem Jahr hatte tun wollen. Oder waren es zwei? Wie auch immer, die Schubladen waren nun ordentlich aufgeräumt, sie hatte ein oder zwei Liter Kaffee getrunken, und nun musste sie Ted und Craig gegenübertreten und sich wahrscheinlich von dem Gedanken an eine mögliche Beziehung verabschieden.

„Kaffee?" Joan hielt die halbleere Kanne hoch.

„Nein, danke. Wenn ich noch mehr trinke, werde ich den ganzen Weg zur Scheune rennen."

„Ach ja, stimmt." Joan goss sich eine Tasse ein. „Die Eule."

Wenigstens brauchte sie heute nicht wieder eine

Stunde, um ihr Outfit zusammenzustellen. Es war ein ganz normaler Arbeitstag. Jeans, Stiefel und mehrere Schichten Oberteile aufgrund des ständig wechselnden texanischen Wetters, das kalt wie ein Morgen in Alaska und im nächsten Moment heiß wie Florida sein konnte.

„Für jemanden, der gestern noch gegrinst hat wie ein Honigkuchenpferd, siehst du nicht sehr glücklich aus. Vielleicht solltest du ein paar Stunden schlafen."

Das klang wunderbar – wenn sie nur schlafen könnte. Ein Blick auf ihre Armbanduhr verriet ihr, dass die Zeit nicht reichte, selbst wenn sie müde wäre. Ted hatte ihr gestern Abend eine Nachricht geschickt, dass er heute Morgen zwischen neun und zehn Uhr in der Scheune sein wollte. „Zu wenig Schlaf, zu viel Kaffee. Und der interessanteste und aufregendste Mann, den ich seit Jahren kennengelernt habe, sieht immer weniger wie ein Märchenprinz und immer mehr wie ein Frosch aus."

„Autsch!" Joan steckte eine Scheibe Brot in den Toaster und drehte sich zu Kate um. „So schlimm, hm?"

Diese zuckte mit den Schultern. „Die Dollargier hat mich im Griff."

„Wie bitte?" Joan blinzelte verwirrt.

„Womit muss ich mich immer rumschlagen?"

„Mit profitgierigen Unternehmen." Das Brot sprang aus dem Toaster, und Joan wandte sich ab. „Oder mit dummen Menschen."

„Craig ist nicht dumm, aber der typische Kapitalist, er stellt den Profit über das Wohl der Eule."

„Und warum überrascht dich das? Die Barons sind nicht nur ein gesellschaftliches, unternehmerisches und politisches Powerhaus, sondern so etwas wie eine Königsfamilie im Staat Texas. Wir wissen doch, dass ihre Bankkonten nicht ohne Grund gut gefüllt sind."

Das war nicht das, was sie hatte hören wollen.

„Vielleicht", Joan streckte eine Hand aus und klopfte Kate auf die Schulter, „solltest du erst einmal abwarten, wie sich das Ganze entwickelt, bevor du noch mehr Schlaf verlierst."

„Vielleicht." Kate umklammerte den Griff ihrer Tasse und stand auf. Für ihr koffeinvernebeltes Gehirn hörte sich das Schaben der Stuhlbeine auf dem Boden an wie Fingernägel auf einer Kreidetafel. So wie sie die Situation einschätzte, hatte sie gerade noch genug Zeit, um ihren lauwarmen Kaffee auszutrinken, zu duschen, sich anzuziehen und sich auf den Highway zu begeben, der um diese Zeit aufgrund des Berufsverkehrs eher einem Parkplatz glich. „Ich sage dir Bescheid, wie es gelaufen ist."

„Ich hoffe, dass er sich als Prinz und nicht als Frosch entpuppt." Joan grinste schelmisch. „Mit einem Bruder für mich."

Wenn Craig Baron sich doch als Frosch herausstellen sollte, dann gab es in dieser Familie genug alleinstehende Männer, um ein ganzes Dorf von Frauen glücklich zu machen.

Trotz ihres Schlafmangels und des übermäßigen Kaffeekonsums war Kate nun geduscht, angezogen und kam auf dem holprigen Weg zur Scheune gut voran. Wenn sie so weitermachte, würde sie wahrscheinlich schneller als Craig und Ted beim Haus der Martins sein. Obwohl, eigentlich war es mittlerweile das Anwesen der Barons. Oder von *Baron Studios*. Darüber musste sie allerdings den Kopf schütteln. Wer wollte schon ein großes Unternehmen inmitten des ländlichen Texas? Die Eule und ihr neuer Lebensraum waren ihre Hauptsorge, aber wer wusste schon, wie viele andere Tiere durch die Bauarbeiten vertrieben werden würden.

Als sie um die Kurve vor der Einfahrt bog, konnte sie in der Ferne mehrere Autos sehen, die neben der Scheune parkten, und sie fuhr bereits an dem kaputten

Zaun entlang, der das Grundstück umgab. Sie hatte keine Ahnung, warum sie angenommen hatte, dass kurz nach halb neun am Morgen zu früh für das Big Business sei. Sie neigte den Kopf in dem vergeblichen Versuch, den zunehmenden Stress abzubauen, der sich in jeder Zelle ihres Körpers breit machte, und atmete tief ein und langsam wieder aus. Allein dieser Tumult musste dem Vogel schon zusetzen. „Männer!"

Sie widerstand dem Drang, die Autotür zuzuschlagen und zu Craig und einem weiteren Mann hinüberzustapfen, die über die Motorhaube eines riesigen Pick-up-Trucks gebeugt waren. Sie drückte stattdessen die Schultern durch, schnappte sich ihr Fernglas und ihre Kamera und ging langsam über die Kiesauffahrt. „Guten Morgen, meine Herren!"

Es dauerte einen Moment, bis Craig aufhörte, auf die Unterlagen auf der Motorhaube des Pick-ups zu klopfen, und aufblickte. Ein Lächeln umspielte seine Lippen. Verdammt, die ganze Wut, die sie stundenlang in ihrem Inneren aufgebaut hatte, verflog augenblicklich.

„Ihr Freund ist schon eine Weile hier."

„Freund?" *Ach so.* „Sie meinen Ted?"

Craig nickte. „Ich habe mir erlaubt, ihm die vorläufigen Skizzen zu zeigen, die der Architekt angefertigt hat."

„Morgen", der Mann, von dem sie annahm, dass er die Skizzen gezeichnet hatte, nickte ihr zu.

„Tut mir leid." Craig richtete sich auf und trat einen Schritt vom Wagen zurück. „Kate Donovan, Sie erinnern sich doch an meinen Cousin, Porter Baron, oder?"

Ihr fiel ein, dass es eigentlich keinen Grund gab, unhöflich zu sein, und zwang sich zu einem Lächeln. „Schön, Sie wiederzusehen."

„Das Vergnügen ist ganz meinerseits." Offenbar

hatte auch dieser Baron das Charme-Gen geerbt.

Craig räusperte sich und schubste seinen Cousin tatsächlich einen Schritt zurück. Beinahe hätte Kate daraufhin laut aufgelacht.

„Ich sollte Ted suchen gehen." Sie schaute in Richtung der Scheune.

„Er war schon drinnen", sagte Craig. „Das letzte Mal sah ich ihn, als er auf dem Gelände in Richtung Haupthaus ging. Wenn Sie einen Moment warten könnten, komme ich mit."

Ein anderer Mann, gekleidet in Jeans und Chambray-Hemd, trat aus der Scheune. Selbst mit dem Cowboyhut, der seine Augen verdeckte, brauchte sie kein Familienporträt, um zu wissen, dass er ein weiterer Baron war. „Du bist vielleicht doch nicht so verrückt, wie ich dachte!"

Craig blickte von ihr zu dem Neuankömmling, und sie hob eine Hand zum Abschied. „Ich werde Ted suchen gehen. Ich komme schon zurecht."

„Nein. Da könnten Schlangen sein. Geben Sie mir nur einen Augenblick."

Sie streckte einen Fuß aus. „Ich habe heute meine Stiefel angezogen."

„Trotzdem." Craig presste die Lippen fest aufeinander und sah sie flehend an.

„Nicht nötig." Porter zeigte in die Ferne. „Da kommt er."

Seine beiden Cousins starrten Kate interessiert an, und Craig war sich nicht sicher, ob er sie am liebsten in die Arme nehmen und mit ihr davonrennen oder Porter und Cooper eine reinhauen wollte.

Sein immer noch grinsender Cousin zog seinen Hut

und reichte ihr eine Hand. „Cooper Baron. Freut mich, Sie kennenzulernen.“

„Gleichfalls.“ Kate schüttelte sie und sah von Porter zu Cooper und dann zu Craig. „Wenn Sie beide Cousins sind, ist dann keiner von Ihnen der Architekt? Oder habe ich das falsch verstanden?“

„Sie haben recht. Der Architekt war heute Morgen sehr beschäftigt. Wir haben ihn vergangene Woche besucht, und er hat die ersten Zeichnungen angefertigt. Ich habe sie mitgebracht, damit wir einige vorläufige Pläne bestätigen lassen können, während Ihr Freund sich die Eule ansieht. Porter ist der Generalunternehmer.“

Der erste Cousin, den sie kennengelernt hatte, nickte und lächelte sie wieder an.

„Genau.“ Sie nickte. „Sie haben Porter schon einmal erwähnt.“ Das ließ das Grinsen des besagten Cousins noch ein wenig breiter werden.

Craig zeigte mit dem Daumen zu seinem anderen Cousin. „Und dieser Typ ist der Ingenieur.“

„Der Ingenieur, der völlig überrascht ist. Ich glaube nicht, dass das Projekt so umfangreich sein wird, wie ich nach deinem ersten Bericht befürchtet hatte. Ich glaube auch nicht, dass die Genehmigungen ein Problem sein werden.“

In diesem Moment kam Ted in Hörweite. „Veranstalten wir eine Party?“

Als Craig sich vorhin als Grundstückseigentümer vorgestellt hatte, war er allein gewesen, sodass Ted die beiden Baron-Cousins noch nicht kennengelernt hatte. Die Männer schüttelten einander die Hände, wechselten ein paar knappe, aber höfliche Worte und wandten sich dann Kate zu. Craig wünschte sich wirklich, er könnte schützend vor sie treten und die anderen Männer anbrüllen, ohne wie ein Vollidiot dazustehen.

„Hast du etwas in Erfahrung bringen können?“, fragte sie.

Ted nickte. „Die Eule ist markiert."

Craig wusste, dass es besser war, nichts zu sagen, bevor nicht alle Informationen vorlagen, also nickte er kurz und wartete.

„Ich habe die Markierung mit meinem Fernglas entdeckt. Ich kam jedoch nicht nah genug heran, um die Daten abzurufen. Wir müssen herausfinden, wo sie sich im vergangenen Jahr aufgehalten hat. Dazu müssen wir sie fangen."

Wieder nickte Craig nur. Bis jetzt dachte er: *Gut, fangt sie ein, lest die Daten auf ihrer Marke ab und lasst sie auf das Grundstück eines anderen fliegen.*

„Da ich sie aufgeschreckt habe, konnte ich nahe genug an das Nest herankommen."

Und das war der Moment, auf den Craig mit angehaltenem Atem gewartet hatte.

„Darin liegen Eier."

Das war nicht das, was er hatte hören wollen.

„Wir müssen warten, bis sie geschlüpft sind. Dann müssen wir sie wiegen, kennzeichnen und ..." Ted sah Kate achselzuckend an. „Nun, du kennst das Prozedere."

Kate nickte zustimmend, aber ihr Blick war auf die Scheune gerichtet. „Also keine Bauarbeiten in der Nähe der Scheune?"

Ted seufzte schwer, und Craig versuchte, nicht zusammenzuzucken. Er konnte nicht noch mehr schlechte Nachrichten gebrauchen.

„Diese Eule ist nur eines Ihrer vielen Probleme."

„Was meinen Sie damit?" Diesmal hatte Craig beschlossen, nicht zu schweigen.

„Ich bin über das Grundstück gelaufen und habe einige Ihrer hohlen Bäume untersucht."

Craig tat sein Bestes, um eine stoische Miene aufrechtzuerhalten, und vergrub die Hände in seinen Taschen.

„Hier gibt es schwarz gestreifte Fledermäuse aus Texas. Hohle Bäume gehören zu ihren bevorzugten Überwinterungsplätzen, und wie es aussieht, habe ich, obwohl es Frühling ist, mindestens zwei Bäume gefunden, in denen Fledermäuse noch im Winterschlaf sind.“

Craig hatte eigentlich nicht vorgehabt, sich mit derartigen Dingen auseinanderzusetzen. Er nahm sich eine Sekunde Zeit, um über die Möglichkeiten nachzudenken, und warf einen Blick in Kates Richtung. Seine hübsche Rothaarige knabberte an ihrer Unterlippe. Das konnte kein gutes Zeichen sein.

„Was bedeutet das alles genau?“, fragte Cooper.

„Wir müssen ein Team kommen lassen, das die möglichen Lebensräume nach weiteren Fledermäusen absucht.“

„Team?“ Craig gefiel der Klang dieses Wortes nicht.

„Wir sind im Allgemeinen ziemlich unterbesetzt, und ich bin mehr als ausgelaugt.“ Ted schaute erneut in Kates Richtung und zeigte den ersten Anflug eines Lächelns. Ein Lächeln, das Craig verriet, dass dieses ganze Getue mit den Fledermäusen eigentlich ganz unten auf Teds To-do-Liste stehen würde, er das alles aber tat, um Kate zu beeindrucken. „Sosehr ich mir auch wünsche, dass ich das in meinen Zeitplan einbauen könnte, muss ich diese Entdeckung an einen Profi weitergeben. Höchstwahrscheinlich wird sich ein Heer von Doktoranden bereit erklären, die Lebensräume zu durchsuchen und zu markieren. Sobald wir das geklärt haben, können Sie vielleicht etwas abseits der Nester bauen, oder auch nicht.“

„Vögel oder Fledermäuse?“, fragte Porter.

Ted zuckte mit den Schultern. „Beides.“

Cooper wandte sich an Craig. „Das sieht nicht gut aus.“

Genau das dachte Craig auch. Wenn sie nicht bald mit dem Umbau loslegten, hatte er keine Chance, der Diva aus Austin mit der gut gefüllten Brieftasche und dem Film, den er unbedingt produzieren wollte, sein Studio schmackhaft zu machen. Einen Augenblick lang fragte er sich, wie hoch die Bußgelder sein würden, wenn er alle ignorierte und trotzdem weitermachte. Aber sofort verwarf er diesen potenziellen Image-Albtraum. Ob es ihm gefiel oder nicht, er musste eine Lösung finden, um seine Kalkulation – und Kate – glücklich zu machen. Sein Blick schweifte über das Land, das sich so weit erstreckte wie das Auge reichte. Die Hände immer noch in den Taschen, seufzte er leise. Der Verein für Fische und andere Wildtiere, sein College-Schwarm, Fledermäuse, Vögel und Banker. Erneut wanderte sein Blick zu Kate. Irgendwie musste er das hinbekommen, denn sie wieder zu verlieren – und das wegen eines Vogels und einer Fledermaus – kam nicht infrage.

KAPITEL ZEHN

Kate behielt Craig die ganze Zeit über im Auge, während Ted sprach. Keiner der drei Barons sah sonderlich erfreut aus, aber damit hatte sie gerechnet. Sie wusste, wie es lief, wenn das Big Business mit Mutter Natur kollidierte. Das einzige Problem war, dass sie sich zum ersten Mal wünschte, nicht auf der anderen Seite zu stehen. Sie wollte wirklich einen Weg finden, um alle glücklich zu machen. Aber Tatsache war, wenn es um die Erhaltung der Natur ging, mussten Geschäftsleute Kompromisse eingehen, weil die bedrohten Tiere das nicht tun konnten.

„Ich muss jetzt gehen." Ted trat einen Schritt zurück, streckte eine Hand aus und klopfte Kate sanft auf den Arm. „Ich melde mich bald mit einem Update."

Sie nickte. „Danke." Es war nicht zu übersehen, dass sich Craig auf die Lippe biss. Kate konnte es ihm nicht verübeln, denn seine sehr teuren Pläne drohten vor seinen Augen zu platzen.

Ted winkte den anderen Männern zu, und diese sahen ihm nach. Keiner sagte ein Wort, bis Ted den Motor startete und den Staub auf der Hauptstraße aufwirbelte.

„Und was jetzt?", fragte Porter.

„Wir machen uns wieder an die Arbeit. Die Pläne müssen fertiggestellt, Genehmigungen beantragt werden. Und wir müssen Entscheidungen treffen.

Nichts davon wird über Nacht geschehen.“

Beide Cousins nickten, und Craigs ruhige Art beruhigte Kate ein wenig.

„Wisst ihr“, Porter tippte auf die Unterlagen, die auf der Motorhaube ausgebreitet waren, „wir werden fertig sein, lange bevor der Verein für Fische und andere Wildtiere sich mit diesen Fledermäusen befassen wird.“

Craig presste die Lippen aufeinander, holte tief Luft, blickte auf den groben Entwurf seiner Pläne und sah dann wieder zu seinen Cousins auf. „Mit Gottes Gnade werden die Jungen vielleicht bald schlüpfen und die Fledermäuse rasch wieder verschwinden.“

Sie hasste es, schlechte Nachrichten zu überbringen, aber sie hatte keine andere Wahl. „Ihnen ist hoffentlich klar, dass es Wochen, vielleicht Monate dauern wird, bis die Jungvögel das Nest verlassen, nachdem sie geschlüpft sind?“

Craig nickte. „Manchmal muss man einfach auf das Beste hoffen.“

Irgendwie fühlte sie sich dadurch nicht besser. „Zeigen Sie mir, was Sie geplant haben.“

Craig riss den Kopf nach oben. Seine Augen waren groß und auf sie gerichtet, und ein paar Augenblicke lang befürchtete sie, er würde Nein sagen. „Kommen Sie näher!“

Sie umrundete den riesigen Ranch-Truck, stellte sich neben ihn und erkannte sofort ihren Fehler. Als ihr Arm seinen berührte, wurde sie viel zu sehr abgelenkt. Als sie einen kleinen Schritt zur Seite trat, stieß sie mit einem der Cousins zusammen. „Tut mir leid.“

Cooper lächelte. „Kein Problem.“

Craig hätte seinen Cousin mit seinem intensiven Blick töten können, aber stattdessen räusperte er sich und klopfte auf die Unterlagen. „Alle diese Gebäude sind laut der durchgeführten Untersuchung bereits vorhanden. Sie müssen im Detail untersucht werden, um das Ausmaß der strukturellen Schwächen zu bestimmen, bevor wir mit dem Umbau fortfahren.“

„Wow!“ Sie hatte nicht bemerkt, wie viele Gebäude es gab und wie groß das Grundstück war.

Ein Lächeln umspielte Craigs Mundwinkel. „Ich sagte doch, es ist perfekt. Das hier“, er deutete auf das Haupthaus, das sich gegenüber der Einfahrt zur Scheune befand, „wird unser Büro sein.“ Er ging von Gebäude zu Gebäude und erläuterte seine Absichten. „Die bestehenden großen Gebäude für landwirtschaftliche Geräte werden zu Lagerräumen für Kameras und Scheinwerfer umgebaut.“

„Wie viel Platz benötigen Sie für die Beleuchtung?“

Das brachte Craig zum Lachen. „Wir reden hier nicht von Tischlampen. Das sind riesige Scheinwerfer, die ein Set aussehen lassen, als wäre es mitten am Tag.“

„Wirklich?“ Sie wandte ihre Aufmerksamkeit den Lagerhallen auf dem Papier zu und versuchte dann blinzelnd, die tatsächlichen Gebäude in der Ferne zu erkennen.

„Wirklich. Die Scheinwerfer sind riesig, heiß, teuer und auf Rädern. Wenn man nicht fünftausend Dollar ausgeben muss, um die Dinger tagelang zu mieten, spart man eine Menge Geld.“

„Oh.“ Fünftausend Dollar waren tatsächlich eine Menge Geld, aber sie nahm an, dass eine Filmausrüstung in die gleiche Kategorie fallen könnte wie ein Hausbesitz. Billiger als mieten.

„Es ist alles eine Frage des Geldes, des Budgets und des Timings. Wenn wir eine Szene am Strand von Malibu mit einem riesigen Hügel im Hintergrund drehen, können wir nicht aufhören zu filmen, wenn die Sonne untergeht. Also gehen die Lichter an. Man kann das mit Nahaufnahmen ein wenig umgehen, aber die Leute, die mit dem Rücken zum Berg stehen, brauchen dieses Licht, sonst sieht es aus, als stünden sie vor einem schwarzen Vorhang."

„Sie sagen also, dass nicht alles, was ich auf dem Bildschirm sehe, echt ist?"

Craig stieß ein tiefes, kehliges Lachen aus. „Nicht einmal annähernd! Und diese Scheinwerfer richten bei der Tierwelt großen Schaden an. Jede Eule, jedes Reh und jeder Vogel auf diesem Planeten wird sie für Tageslicht halten."

„Sie haben also schon mit Wildtieren zu tun gehabt?"

„Nun ja, einmal haben wir eine Lagerfeuerszene am Strand gedreht, und eine Familie von Waschbären ist durchgedreht."

„Oje."

„Das kann man wohl sagen. Die Waschbärenbabys sind total ausgeflippt, also hat die Mutter ständig gekreischt und Lärm gemacht, um mit den Babys fertig zu werden. Wenn man im Freien mit grellen Scheinwerfern filmt, wird der Ton zu einem Albtraum. Jedes Tier erwacht zum Leben und all ihre Laute werden aufgezeichnet, nicht jedoch die Schauspieler. Man hört die Grillen, nicht die Dialoge. Das vergrößert die Freude am Filmemachen nur noch mehr." Sein Handy klingelte, er schaute aufs Display und hob einen Finger. „Ich muss da rangehen."

Sie nickte und sah ihm nach, als er sich telefonierend vom Auto entfernte. Dann blickte sie wieder auf die Pläne.

„Ich schätze, er wird eine Menge Scheinwerfer haben, wenn er all diese riesigen Lagerräume braucht."

Porter nickte. „Jedes Set benötigt Anhänger für die Maske, die Stars, wenn sie abseits von Sanitäranlagen drehen, Dixi-Klos, Generatoren. All das muss irgendwo untergebracht werden, wenn es nicht im Einsatz ist.“

„Das war mir nicht klar.“ Sie sah sich die Zeichnungen erneut an. Kein Wunder, dass er so viel Land wollte. „Sie scheinen viel über das Filmgeschäft zu wissen.“

„Nicht wirklich.“ Porter schüttelte den Kopf. „Ich habe nur wiederholt, was Craig mir und dem Architekten gesagt hat.“

„Verstehe.“ Dennoch war sie von dem geplanten Vorhaben völlig überrascht.

„Wer zum Teufel veranstaltet eine große Gala an einem Montagabend?“ Craig seufzte und ließ sein Handy in die Brusttasche fallen, dann wandte er sich an Kate. „Ich nehme an, Sie haben nichts gegen elegante Veranstaltungen?“

Craig hatte vergessen, dass er seinem Großvater versprochen hatte, die Barons bei der politischen Gala zu vertreten, die heute Abend für die Nachwuchsabgeordneten der USA und des Bundesstaates stattfinden sollte. Als er vor Jahren zugesagt hatte, war ihm nicht in den Sinn gekommen, dass er bis zum Hals in einem Großprojekt stecken *und* Eulen und Fledermäuse retten würde.

„Ist das eine Fangfrage?“ Kate neigte den Kopf zur Seite.

„Ich fürchte nein. Ich muss heute Abend zu einer politischen Gala gehen. Das ist mir irgendwie entfallen, und ich habe keine Begleitung. Diese Veranstaltungen sind normalerweise eher langweilig und ziehen sich gefühlt ewig hin.“

„Politische Gala?“ Nachdenklich zog sie die Augenbrauen zusammen. „Etwa die politische Gala mit zehntausend Dollar pro Teilnehmer in der Innenstadt?"

„Ganz genau."

Ihr fiel die Kinnlade herunter, und sie machte große Augen. Aber dann fragte sie mit einem frechen Grinsen: „Darf ich reden, mit wem ich will?"

Jetzt machte sich Craig auf einmal Sorgen, worauf er sich da gerade eingelassen hatte. Das Letzte, was er wollte, war, seine Familie zu blamieren. Besonders Mitch. „Kommt darauf an, mit wem Sie reden wollen."

„Es liegen einige Gesetzesvorlagen auf dem Tisch, die unsere Arbeit zum Schutz der Meeresschildkröten und einiger anderer gefährdeter Tiere hier in Texas erleichtern sollen. Sie sind nicht perfekt, aber ein Anfang. Das heißt, wenn wir sie aus der politischen Diskussion herausholen und zur Abstimmung bringen können. Die Politiker ignorieren meine Anrufe seit Monaten. Ich hätte nichts dagegen, sie bei Champagner und gefüllten Eiern in die Enge zu treiben."

Er wollte ihr nicht sagen, dass die Chancen, gefüllte Eier serviert zu bekommen, eher schlecht standen. Aber es würde ihm nichts ausmachen, einige von diesen arroganten Schnöseln zu erleben, wie sie von einer umwerfenden Rothaarigen mit einer Mission in die Enge getrieben wurden. „Natürlich. Warum nicht?"

Sie schlug die Hände zusammen und rieb sie freudig aneinander. „Das wird richtig cool werden!"

Er konnte sich bei dieser Aussage ein Lachen nicht verkneifen. „Wenn Sie meinen."

„Wann holen Sie mich ab?" So wie ihr Blick umherwanderte, konnte er fast sehen, wie sich die Räder in ihrem klugen Kopf drehten.

Wenn ein Abend mit einem Haufen Politiker, die sich wie Pinguine verkleidet hatten, ausreichte, um ihr ein Lächeln ins Gesicht zu zaubern, würde er ihr helfen, jeden Einzelnen, der sie ignoriert hatte, in die Enge zu treiben. „Die Cocktail Hour beginnt um sieben. Wenn ich Sie um 18:30 Uhr abhole, sollten wir zu einer angemessenen Zeit dort sein.“

Sie schaute auf ihre Armbanduhr. „Das schaffe ich.“

Da es bereits nach zehn Uhr war, fragte er sich, ob er zu viel von ihr verlangte. „Wenn Sie keine Zeit haben, können wir sicher ein anderes Mal die richtigen Leute ausfindig machen.“

„Nein.“ Sie schüttelte vehement den Kopf. „Heute ist perfekt. Aber ich muss mich in der verbleibenden Zeit gut vorbereiten, um mit den Reichen und Berühmten von Houston verkehren zu können.“

Seiner Meinung nach konnte sie bereits jetzt mit den Reichen und Berühmten mithalten.

KAPITEL ELF

„Wie sehe ich aus?" Kate drehte sich für ihre Mitbewohnerin im Kreis.

Joan nickte zustimmend. „Jedem Mann im Raum werden die Augen aus dem Kopf fallen. Ich wünschte, ich könnte diesen Grünton so gut tragen wie du."

Langsam strich Kate über ihre Taille. „Ich dachte zuerst an das schwarze Kleid. Du weißt schon, das ist klassisch und so. Aber dann fürchtete ich, es wäre zu langweilig."

„An diesem Outfit ist nichts Langweiliges. Falls du dir doch Sorgen machen solltest, in einem dunklen Raum wirkt es fast schwarz."

„Nein. Mir gefällt der grüne Schimmer. Ich hatte nur Angst, der Ausschnitt könnte zu tief sein." Kate drehte sich um und schaute zum tausendsten Mal in den Ganzkörperspiegel, seit sie vom Friseur nach Hause gekommen war.

„Es ist perfekt."

Als sie dieses Kleid an einer Schaufensterpuppe in ihrem Lieblingskaufhaus gesehen hatte, hatte sie sich sofort verliebt. Die Flügelärmel, der herzförmige Ausschnitt, die schmale Taille und der weite, fließende Rock waren perfekt für ihren Körperbau. Der Rabatt aufgrund der ungewöhnlichen Farbe hatte es noch attraktiver gemacht.

Sie wirbelte noch einmal herum und lächelte in den

Spiegel. Als Kind hatte sie es immer geliebt, die Kleider ihrer Mutter anzuprobieren. Heute Abend fühlte sie sich ein bisschen wie Aschenputtel, das mit dem Prinzen auf den Ball geht. Oder in diesem Fall, mit dem Baron.

Wenn man vom Teufel spricht – oder an den Teufel denkt … Es klingelte an der Tür, und sie griff nach ihrer perlenbesetzten Clutch, versuchte dabei aber, nicht zu rennen. Nicht, dass sie noch die Treppe hinunterfiel und sich das Genick brach! Joan hingegen hatte in ihren Jeans kein Problem damit, die Treppe hinunterzueilen und die Haustür zu öffnen.

Kate stieg weiter gemächlichen Schrittes nach unten und hörte aufmerksam zu, wie sich Craig und Joan vorstellten und begrüßten.

„Sie sollte jeden Moment hier sein. Möchten Sie etwas trinken, während Sie warten?"

„Nein, danke. Wir müssen gleich los. Der Verkehr ist heute Abend schlimmer, als ich erwartet habe."

Kaum waren diese Worte aus seinem Mund verklungen, nahm Kate die letzten drei Stufen. Craig blickte sofort auf. Als seine Kinnlade leicht nach unten klappte und er den Mund sofort wieder schloss und ein breites Grinsen aufsetzte, fühlte sie sich wirklich wie Aschenputtel, nachdem die gute Fee ihre Arbeit getan hatte.

„Sie sehen umwerfend aus!" Er schaute starr in ihr Gesicht. Was für ein Gentleman! Kein nach unten wandernder Blick, nur ein Ausdruck der Bewunderung, sodass sie sich ein paar Zentimeter größer fühlte.

„Danke."

„Brauchst du eine Stola?", fragte Joan.

Kate zuckte mit den Schultern. „Bei der Hitze wollte ich eigentlich darauf verzichten, aber wer weiß, wie hoch die Klimaanlage aufgedreht wird."

„Ist sie oben?", fragte Joan.

Kate nickte. „Sie hängt noch auf dem Bügel in meinem Schrank."

Wenige Sekunden später stürmte Joan wieder die Treppe hinunter und überreichte Kate freudig die Stola.

„Danke."

„Ich will einen vollständigen Bericht, wenn du nach Hause kommst!"

„Abgemacht."

Wie ein echter Gentleman streckte Craig einen Arm aus, und sie schob ihre Hand in seine Ellenbeuge.

„Betrink dich nicht und vergiss nicht, wo du wohnst!", rief Joan neckisch, bevor sie die Eingangstür hinter sich schloss.

„Sie hat einen Witz gemacht." Kate sah zu ihm auf. „Ich habe kein Alkoholproblem oder so."

„Das habe ich auch nicht vermutet", versicherte er.

Da sie sich immer noch wie eine Prinzessin fühlte, fielen ihr fast die Augen aus dem Kopf, als sie das in ihrer Einfahrt stehende Auto erblickte. „Ist das ein Rolls-Royce?"

„Ja, ist es. Er gehört meinem Vater. Der Mercedes ist in der Werkstatt, und ich dachte mir, dass Sie wahrscheinlich nicht in meinen Jeep oder einen Ranch-Pickup steigen wollen."

„Danke. Nicht in diesen High Heels." Sie wollte sich am liebsten kneifen. Dies war definitiv eine Nacht, aus der Träume gemacht wurden. Ob sie es schaffen würde, ihre Interessen bei den wichtigen Politikern durchzusetzen, spielte keine Rolle mehr. Heute Abend wollte sie einfach nur das Leben genießen.

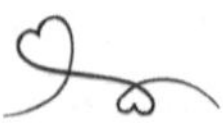

Wenn Craig durch eine Tür trat und die Aufmerksamkeit aller auf ihn gerichtet war, hatte er bislang immer gewusst, dass es der Name Baron und sein Ruf waren, die die Leute anzogen. Heute Abend hatte er keinen Zweifel daran, dass es die umwerfende Frau an seiner Seite war. Sogar die anderen Damen starrten sie an, als sie den Ballsaal betraten.

Als er von seinem Gespräch mit Joan aufgeblickt und Kate gesehen hatte, die mit einer Hand auf dem Geländer dagestanden hatte, hatte er befürchtet, er könnte sich an seiner Zunge verschlucken. Ihr Haar war hochgesteckt, aber nicht in dieser Cartoon-Texas-Manier. Sanfte Strähnen umrahmten ihr Gesicht, während die dichten Locken über ihrem Nacken eine perfekte Frisur bildeten. Und warum hatte er auf einmal das Bedürfnis, an ihrer vermutlich sehr weichen Alabasterhaut zu knabbern?

Wenn er die Nacht überstehen wollte, musste er aufhören, Kate anzustarren, und sich stattdessen auf die langweiligen politischen Gespräche konzentrieren, die er zweifellos würde führen müssen. Aber die Art, wie sie den Raum und die Anwesenden musterte, machte ihm klar, dass sie nicht nur eine Augenweide für den Abend war. Kate war eine beeindruckende Frau.

Ihre Hand lag immer noch in seiner Armbeuge, und er beugte sich zu ihr und fragte leise: „Auf wen schießen wir heute Abend?"

„Wie bitte?"

Ihre großen Augen zauberten ihm ein Grinsen auf die Lippen. „Mit wem wollen Sie über Ihr Projekt sprechen?"

„Oh." Sie lächelte ihn an. „Mit dem Kongressabgeordneten Korsak und der Senatorin Pierce."

Er kannte diese beiden Staatsvertreter, und zum ersten Mal taten sie ihm wirklich leid. „Wir haben Glück." Er deutete auf die hintere Ecke des Raumes. „Shirley und Korsak sitzen mit ein paar weiteren Kollegen an der hinteren Bar."

Kate kniff die Augen zusammen und grinste, als sie ihre Opfer ins Visier nahm.

„Ich würde vorschlagen, noch ein paar Minuten zu warten. Korsak verträgt Alkohol nicht gut. Geben Sie ihm ein wenig Zeit, damit seine Abwehrkräfte nachlassen, aber nicht so lange, dass er sich nicht mehr an seine Abmachung erinnert."

Mit gerunzelter Stirn dachte sie über seine Worte nach, dann nickte sie. „Das ergibt durchaus Sinn. Was ist mit Senatorin Shirley Pierce?"

„Sie wird die ganze Nacht an demselben Glas Wein nuckeln. Ich fürchte, Sie sind bei ihr auf sich allein gestellt."

„Damit kann ich umgehen. Ich muss nur mit ihr reden."

„Darf ich vorschlagen, dass wir uns auf die Tanzfläche begeben, während wir darauf warten, dass Korsak sich entspannt?"

Ein Lächeln erhellte ihr Gesicht. „Das würde ich gern!"

„Aber ich muss Sie warnen", er nahm ihre Hand in seine, als sie den Ballsaal durchquerten, „ich bin relativ ungeschickt und kann nur zu langsamer Musik tanzen."

„Komisch, mir geht es ebenso."

Wie zur Bestätigung ihrer Aussagen spielte der DJ eine bekannte Country-Ballade, und sofort verfielen alle Anwesenden in einen langsamen Tanz. Einige der Paare tanzten offensichtlich schon seit Jahren zusammen. Sie hatten eine lockere Art, mit der sie sich aus- und wieder eindrehten, ohne einen Takt zu verpassen. Dabei lächelten sie unentwegt. Bewundernswert war, wie sie sich wie eine Einheit zu bewegen schienen. Er hatte das immer faszinierend gefunden. Wenn seine Großeltern hier wären, würden sie zu diesen Paaren gehören. Genauso wie seine Schwester Eve und Jared. Wenn die beiden die

Tanzfläche betraten, entfernten sich innerhalb weniger Minuten alle anderen.

Sie hatten mehrere Runden gedreht, als die Musik zu etwas Schwungvollerem wechselte. Anstatt weiterzumachen und möglicherweise zu enthüllen, dass er tatsächlich zwei linke Füße hatte, lenkte Craig Kate sanft von der Tanzfläche weg. „Ich glaube, es ist genug Zeit vergangen."

Kate blickte in die Richtung, in die Craig sie führte, und ihr Lächeln wurde breiter, als sie erkannte, dass sie auf direktem Weg zu den beiden Politikern waren, mit denen sie reden wollte.

„Kate", ertönte eine leise Stimme neben ihnen.

An dem noch breiteren Lächeln auf Kates Gesicht konnte man erkennen, dass die zierliche Brünette eindeutig jemand war, den sie mochte. „Dr. Carter! Was für eine nette Überraschung!"

„Wirklich? Nach all dieser Zeit? Nennen Sie mich bitte Peg."

„Peg, kennen Sie Craig Baron?" Kate deutete von der Tierärztin auf ihn.

Die Frau streckte eine Hand aus. „Schön, Sie kennenzulernen."

„Angenehm."

Peg wandte sich wieder an Kate. „Der Chef des kommunalen Tierschutzvereins musste für heute leider absagen. Ich habe keine Ahnung, wie weit er auf der Liste der Leute, die sich mit all diesen Reichen und Schönen abgeben können, nach unten gehen musste, bevor er auf meine Wenigkeit gestoßen ist." Sie blinzelte und lächelte Craig mit einem breiten Grinsen an. „Nichts für ungut."

Ihre selbstironische Aussage verriet ihm, dass der kommunale Tierschutzverein die richtige Vertreterin für diesen Abend ausgewählt hatte. „Schon gut."

„Ehrlich gesagt, habe ich im Gegensatz zu Aschenputtel nicht oft die Gelegenheit, mich hübsch zu machen. Ich konnte es kaum erwarten, und dann hätte ich es fast nicht geschafft. Vor ein paar Stunden hatten wir plötzlich alle Hände voll zu tun mit einem kranken – und sehr unkooperativen – Waschbären.“

„Tollwut?“ Das war das Erste, was Craig in den Sinn kam.

Die Tierärztin schüttelte den Kopf. „Nein. Ein Abszess, der nichts als Ärger gemacht hat und sofort operiert werden musste. Cyril ist eher ein Haus- als ein Wildtier. Er hat eine chronische Backenentzündung, seit er ein Jungtier war. In freier Wildbahn hätte er nicht überlebt, also ist er ein ständiger Bewohner unserer Einrichtung geworden.“

„Peg geht immer über sich hinaus, wenn es um die Rehabilitation und Pflege von Tieren geht.“

„Übertreiben Sie mal nicht!“ Peg lächelte.

Kate hob die Brauen. „Wie viele andere Reha-Einrichtungen für Tiere waren bereit, Cyril zu behalten?“

Peg zuckte mit den Schultern. „Irgendjemand hätte sich schon gemeldet.“

„Ja, klar.“ Kate schüttelte zweifelnd den Kopf.

„Ich muss noch mal auf die Toilette gehen, bevor ich unsere illustren Vertreter davon überzeuge, dass diese Tierschutzgesetze dringend nötig sind.“

„Ich werde sie für Sie in Fahrt bringen.“ Kate grinste.

„Oh, das gefällt mir.“ Pegs Augen funkelten. „Ein doppelter Knaller. Schnappen Sie sie sich! Ich bin gleich wieder zurück, um den Deal zu besiegeln.“

Die beiden schlugen unauffällig ein, und Kate schob anschließend ihre Hand in Craigs Armbeuge, als sie den Raum durchquerten. An ihre Nähe könnte er sich durchaus gewöhnen …

„Craig, wie schön, Sie zu sehen!“ Der Abgeordnete

Korsak streckte eine Hand aus und warf einen kurzen Blick über Craigs Schulter, zweifellos auf der Suche nach dessen Großeltern.

„Es ist mir immer eine Freude." Craig schüttelte seine Hand und deutete mit einem Kopfrucken auf Kate. „Kennen Sie Kate Donovan?"

„Leider hatte ich noch nicht das Vergnügen." Korsak streckte erneut eine Hand aus, und selbst ein Blinder hätte bemerkt, dass er von Kate genauso angetan war wie die meisten anderen Männer im Raum.

Neben ihm stand Senatorin Shirley Pierce, die leise stichelte: „Du willst mir alle Stimmen wegschnappen, Stanley, oder?" Zu Kate gewandt fuhr sie fort: „Lassen Sie sich von diesem Kerl nicht täuschen. Alles, was er will, ist Ihre Stimme."

Er musste Kate zugutehalten, dass sie sich bei diesem höflichen Geplänkel wie ein Profi schlug. Sie hörte zu, nahm den wohlwollenden politischen Schlagabtausch geduldig hin und wartete darauf, ihr Anliegen – und den Grund, warum sie Craig unbedingt hatte begleiten wollen –, vorzubringen. All das sagte ihm, dass diese Frau eine großartige Verhandlungsführerin sein würde. Wahrscheinlich hätte sie auch eine großartige Magnatin abgegeben. Gut, dass die bedrohten Tiere auf dieser Welt eine so kompetente Fürsprecherin hatten.

Ungefähr zu dem Zeitpunkt, als Wörter wie Wasserstraßen, industrielle Schadstoffe und giftige Chemikalien gefallen waren, trat die Diva aus Austin hinter ihn. „Craig! Was für eine angenehme Überraschung!" Ohne ein weiteres höfliches Wort zu verschwenden, schob sie ihre Hand in seine Armbeuge und zog ihn weg.

Craig schaute über seine Schulter, berührte Kates Arm und sagte: „Ich bin gleich wieder da."

Sie nickte ihm zu und widmete sich wieder dem Gespräch.

„Also", säuselte die Diva, „ist sie jemand Besonderes?"

Craig musste innehalten und überlegen, wie er diese Frage beantworten sollte. Schließlich bedeutete sein Wunsch, die oscarprämierte Schauspielerin für seine Produktionsfirma und hoffentlich sein neues Studio zu gewinnen, nicht, dass er ihr seine Gefühle für Kate offenbaren musste. „Ist das nicht jeder auf eine gewisse Weise?"

Die Schauspielerin verdrehte die Augen. „Sie wären auch ein guter Politiker. Spielen Sie mit dem Gedanken, Ihren Hut in den Ring zu werfen?"

Das brachte ihn zum Lachen. „Nicht einmal ansatzweise! Ich bin durch und durch ein Filmproduzent."

„Ich weiß, was Sie meinen. Wenn man in diesem Business einmal Blut geleckt hat, gibt es kein Entkommen mehr." Sie verlangsamte ihre Schritte und winkte ein paar Leuten zu, die sich um sie scharten. „Kennen Sie Jim Stephens?"

Natürlich tat er das, und sie wusste es. Dessen Produktionsfirma war für einige der am höchsten prämierten Fernsehsendungen verantwortlich. Es gab Gerüchte, dass er ins Filmgeschäft einsteigen wollte, und Craig brauchte nicht mit dem Hammer auf den Kopf geschlagen zu werden, um herauszufinden, dass der Typ denselben Film produzieren wollte wie Craig. „Ja, natürlich. Schön, Sie wiederzusehen."

Die nächsten Minuten bestanden aus banalem Geplauder, gepaart mit strahlenden, aber aufgesetzten Hollywood-Lächeln. Keiner von beiden wagte es, das bevorstehende Projekt zu erwähnen, für das die Diva eine Schlüsselfigur war, aber es war für jeden offensichtlich, dass sie beide ein Stück vom Kuchen haben wollten. Was außer Craig jedoch niemand wusste, war, dass er etwas auf den Tisch legen würde, mit dem der liebe Jim nicht konkurrieren konnte. In

Hollywood war allgemein bekannt, dass sie nur noch wenige Projekte annahm, weil sie ihre Familie nicht mehr für monatelange Dreharbeiten zurücklassen wollte. Craigs neues Studio würde nur zwei Stunden von der texanischen Heimat der Schauspielerin entfernt sein – wenn er es denn bald zum Laufen bringen könnte.

Er schmierte der preisgekrönten Schauspielerin weiter Honig ums Maul und warf ab und zu einen Blick auf die in ein Gespräch vertiefte Kate auf der anderen Seite des Raums. Doch plötzlich stand diese neben ihm, und Craig wäre vor Freude beinahe in die Luft gesprungen. Ihr fröhliches Lächeln und ihre funkelnden Augen ließen ihn vermuten, dass ihr kurzes Gespräch gut verlaufen war.

Als es an der Zeit war, sich zum Abendessen hinzusetzen, hatte sich die Diva zu seiner Überraschung so sehr in ein Gespräch mit Kate vertieft – es ging um die Rettung irgendeines Vogels, sofern ein Schwirl überhaupt ein solcher war –, dass sie sich an ihrem Tisch niederließ, anstatt an den ihr zugewiesenen Platz. Offenbar war sein Ass im Ärmel bei diesem Deal nicht sein guter Ruf oder das neue Studio in Texas, sondern eine gewisse Kate Donovan. Und das war nun wirklich das Tüpfelchen auf dem i.

Noch nie in ihrem Leben hatte sich Kate mehr wie Aschenputtel gefühlt als heute Abend. Sie hatte so viel gelächelt, dass ihre Wangen stärker schmerzten als ihre Füße.

Nachdem der Parkservice-Mitarbeiter den Rolls-Royce vor dem Hoteleingang abgestellt hatte, reichte Craig ihm ein vermutlich saftiges Trinkgeld und half ihr beim Einsteigen. Anschließend setzte er sich auf den Fahrersitz.

Als er sich in den Verkehr eingereiht hatte, fragte er sie: „Jetzt, wo wir allein sind, was ist mit der Senatorin und Korsak passiert?"

Die Hände im Schoß verschränkt, hätte sie am liebsten die Füße hochgelegt. „Es ist ein Gesetz in Arbeit, das sich mit der Wasserverschmutzung an den texanischen Stränden und deren Auswirkungen auf die Tierwelt befasst. Nun, nicht nur an den Stränden. An unseren Flüssen gibt es einige große Unternehmen, die eine Menge Giftstoffe in die texanischen Wasserstraßen leiten."

„Das hatte ich mitbekommen."

„Ich wusste bis jetzt gar nicht, dass die von uns gewählten Volksvertreter nur wenige Gesetze selbst verfassen."

„Sie meinen die Lobbyisten."

Sie machte eine ruckartige Bewegung und wandte sich ihm zu. „Ja!" Dann zerrte sie am Sicherheitsgurt und lehnte sich mit dem Rücken gegen die Autotür. „Ich habe ganz vergessen, dass Ihr Bruder ja Senator ist."

„Da sind Sie vermutlich die Einzige." Er lächelte, dann machte er eine wegwerfende Handbewegung. „Tut mir leid. Fahren Sie fort!"

„Nun, ich bin nach Austin eingeladen worden."

„Wirklich?" Er wandte den Blick von der Straße ab und sah sie voller Stolz an. Zumindest hielt sie es für Stolz, was sie da in seinen Augen sah.

Sie nickte und unterdrückte den Wunsch, vor Freude zu kreischen. „Ich werde die Arbeitsgruppe über die Probleme aufklären, die wir als Umweltschützer sehen, und darüber, wie man mithilfe von Gesetzen, die tatsächlich funktionieren, besser Änderungen durchsetzen kann. Hoffentlich werden sie jetzt etwas vorlegen, das beide Parteien unterstützen können.“

„Das klingt nach einem hohen Anspruch.“

Sie seufzte langsam. „Die reale Welt ist nie perfekt, und vielleicht erreiche ich nicht einmal einen Bruchteil dessen, was ich gern hätte. Aber wenn ich auch nur das Geringste an dem Schlamassel ändern kann, das die Gesetzgeber normalerweise verursachen, bin ich zufrieden.“

„Gut gemacht. Wenn Sie jemals einen Job in der Politik wollen, ich kenne einen US-Senator, der sich über jemanden freuen würde, der klug und engagiert ist.“

„Ich bin sogar sehr engagiert. Diese Tiere und sogar einige Familien, die von dem Gift im Grundwasser betroffen sind, haben niemanden, der sich für sie einsetzt.“

„Erin Brockovich.“

„Ich werde nicht so tun, als wäre ich wie sie, aber im Moment bin ich sehr zufrieden mit dem Ergebnis des heutigen Abends.“ Sie ließ unerwähnt, dass ein großer Teil ihrer Zufriedenheit daran lag, an seiner Seite gewesen zu sein.

Er streckte plötzlich eine Hand aus und legte sie auf ihre. „Haben Sie morgen schon was vor? Am späten Nachmittag?“

Sie schüttelte den Kopf. „Ich kann früher Schluss machen, wenn es sein muss. Woran haben Sie gedacht?“

„Es ist eine Überraschung, aber ich glaube, es wird Ihnen gefallen. Es gibt etwas auf der Ranch, das ich Ihnen zeigen möchte.“

„Noch mehr Baby-Kühe?“ Sie konnte sich ein breites Grinsen nicht verkneifen. Kleine Tiere waren so niedlich.

„Ich fürchte, keine Kälber mehr.“ Er lachte leise. „Ich hole Sie gegen halb fünf ab. Passt das?“

Immer noch lächelnd nickte sie. „Klingt perfekt." Tatsächlich schien bei Craig so ziemlich alles perfekt zu sein. Bis auf die Eulen und ihren Lebensraum. Warum konnte das echte Leben nicht immer wie ein Märchen sein? Und sie lebten glücklich bis an ihr Ende.

KAPITEL ZWÖLF

„ **W** arum grinst du so in dich hinein?" Gouverneur James Baron gab dem Welpen an seiner Seite einen letzten Klaps, bevor er sich aufrichtete.

Gleich nach dem Treffen mit Ted, bei dem er von dem Fledermausproblem erfahren hatte, hatte Craig das getan, was jeder intelligente, erfolgreiche Geschäftsmann mit wenig Zeit tun würde – er hatte seinen einflussreichen Großvater angerufen. Als er am Eingang zu dem großen, gemütlichen Wohnzimmer stehen blieb, sagte er zu diesem: „Ich habe von deinem Freund gehört."

„Professor Stanwyck?"

„Genau. Ich will gar nicht wissen, wie du das geschafft hast, aber morgen früh wird ein Team von Studenten mit Genehmigung des Vereins für Fische und andere Wildtiere das neue Grundstück durchkämmen."

Mit stoischer Miene, die wie immer nichts verriet, trat sein Großvater zu ihm. „Feldarbeit ist für Doktoranden unerlässlich. Es hat perfekt gepasst und ist eine Win-win-Situation für beide Seiten."

„Jetzt drücke ich die Daumen, dass sie nicht noch mehr gefährdete Arten entdecken."

„Nach dem, was Bob mir erzählt hat, ist es gar nicht so ungewöhnlich, dass es im Tierreich einen Ausreißer gibt, der nicht das tut, was er tun soll, aber dass sie sich normalerweise eher früher als später anpassen."

„Mit anderen Worten, ich soll mir keine Sorgen machen, dass auf meinem Grundstück gestreifte Watchamacallits überwintern?"

„Ja. Das trifft es in etwa, aber diese ganzen Doktoranden waren mehr als erfreut über diese Gelegenheit."

Als Craig aufgewachsen war, hatte dieser alte Mann Adleraugen gehabt, und offensichtlich hatte sich nichts geändert. „Ich mache heute Abend ein Picknick mit Kate."

„Picknick?" Sein Großvater wackelte mit seinen weißen Augenbrauen.

„Ich dachte, die Höhle der Brunnengräber würde ihr vielleicht gefallen."

Der Gouverneur nickte zustimmend. „Ich wette, das wird sie. Vor allem, wenn Hazel euer Essen vorbereitet."

„Brathähnchen, Krautsalat, selbst gemachte Pommes und natürlich Brownies mit Karamell. Sie wollte uns eigentlich Kuchen anbieten, aber ich dachte, die Brownies wären leichter zu essen."

„Um wie viel Uhr holst du deine Freundin ab?" Der Gouverneur schaute auf seine Uhr. „Du hast ein kurzes Zeitfenster bis zur Dämmerung."

„Wir haben beschlossen, dass es albern wäre, wenn ich in die Vorstadt fahre, hierher zurückkomme, sie nach Hause bringe und dann wieder zur Ranch zurückfahre."

Sein Großvater runzelte die Stirn.

„Ich weiß." Craig hob eine Hand. „Aber sie hat darauf bestanden."

Der ehemalige Marinesoldat stieß einen resignierten Seufzer aus. „Ich werde moderne Frauen nie verstehen."

Craig schmunzelte. Er war sich nicht sicher, ob

irgendein Mann auf der Welt eine Frau voll und ganz verstand, egal ob altmodisch, modern oder futuristisch.

„Ich glaube, das ist deine Herzensdame." Der Gouverneur deutete auf das Auto, das in der Einfahrt vorfuhr.

Seine Herzensdame. Verdammt, das hörte sich gut an!

„Steh nicht so rum! Mach ihr die Tür auf!", schimpfte sein Großvater und schlug mit dem Stock, den er eigentlich nicht brauchte, auf den Boden. An manchen Tagen war der alte Mann mehr Marinesoldat als Politiker oder Familienvater. Heute Abend war er in voller Marine-Manier.

Noch bevor Kate die oberste Stufe erreicht hatte, hielt Craig ihr die Haustür auf, als Hazel mit einem großen Weidenkorb im Arm aus der Küche kam. „Ich dachte, du möchtest vielleicht einen schönen Weißwein zum Abendessen."

Craig nahm den Korb von der älteren Frau entgegen, die sich, solange er denken konnte, um die Barons gekümmert hatte, beugte sich vor und küsste sie auf die Wange. „Perfekt. Danke, Hazel."

Wie ein Schulmädchen kicherte Hazel und errötete, bevor sie sich auf dem Absatz umdrehte und zurück in die Küche eilte.

Noch immer in der Tür stehend, fiel Kates Blick auf den Korb, den Craig nun in den Händen hielt. „Schöner Korb."

Craig nickte. „Was drinnen ist, ist sogar noch schöner."

Kate reckte die Nase in die Luft. „Sind das", ein Lächeln umspielte ihre Mundwinkel, „Brownies?"

„Kann sein." Er zuckte mit den Schultern und nickte dann lachend. „Entschuldigung. Ja, es sind Brownies. Und ich möchte hinzufügen, dass Hazel die besten Brownies im ganzen Land macht."

„Das ist ein ganz schön großer Korb nur für Brownies.“

„Das liegt daran, dass hier mehr drin ist.“ Craig klopfte auf den Weidenkorb. „Aber Sie werden warten müssen, bis wir an unserem Zielort sind, um zu sehen, was es genau ist.“

„Das ist gemein.“ Sie hob die Brauen und lächelte ihn so strahlend an, dass es die Eiskappen des Nordpols zum Schmelzen gebracht hätte.

„Ihr zwei solltet euch beeilen, sonst wird es bald dunkel.“ Der Gouverneur beugte sich vor und hob den Hund hoch, der ihm aus der Stube gefolgt war und nun an seinem Hosenbein zerrte. „Weißt du, du wirst bald zu groß für das hier sein.“

„Das liegt daran, dass du ihn verwöhnst.“ Grandma kam die Treppe hinunter und betrachtete das Geschehen im Foyer. „Es ist schön, Sie wiederzusehen, Kate.“

„Ich danke Ihnen. Es ist auch schön, Sie wiederzusehen.“

„Leider müssten wir uns nun beeilen, Grandma, sonst kommen wir zu spät an.“

Nach ein paar weiteren Worten verließen sie die Ranch, stiegen in seinen Jeep und fuhren die Nebenstraße hinunter, die zu dem Teil des Gebiets führte, das er mit seinem neuen Freund teilen wollte.

„Sagen Sie mir nun endlich, wo wir hinfahren?“ Kate zerrte an ihrem Sicherheitsgurt.

„Sie wissen ja bereits aufgrund von Hazels Korb, dass wir ein Picknick machen.“

Sie zuckte mit den Schultern. „Nun, ich habe mir gedacht, dass es zum Nachtisch Brownies gibt. Zählt das als Erkenntnis?“

„Ja.“ Er konnte sich ein Schmunzeln nicht verkneifen. Sie an seiner Seite zu haben, war der schönste Teil seines Tages. Aber zu wissen, dass das, was er vorhatte, ihr wahrscheinlich ihr herzerwärmendes Lächeln ins Gesicht zaubern würde, ließ ihn nur noch breiter grinsen. Wie sehr hoffte er, dass er für heute Abend nicht die falsche Wahl getroffen hatte!

„Wenigstens weiß ich, was es zum Nachtisch gibt." Kates Tag war hektisch gewesen. Was das Eulennest betraf, konnte sie nichts tun, außer für Craig zu hoffen, dass die Jungen eher früher als später schlüpften. Aber sie hatte gehofft, zumindest die Situation mit den überwinternden Fledermäusen beschleunigen zu können. Obwohl sie mit so gut wie allen Ansprechpartnern telefoniert hatte, die sie bei sämtlichen Umweltbehörden und Regierungsstellen hatte, die auch nur im Entferntesten mit der Situation zu tun hatten, stand sie immer noch mit leeren Händen da. Sie hatte sich so sehr gewünscht, heute Abend gute Nachrichten für ihn zu haben. Es hatte keinen Sinn, einen erfolglosen Versuch zu unternehmen, das Verfahren zur Sicherung des Grundstücks für das neue Studio zu beschleunigen. Sosehr sie sich auch über Craig geärgert hatte, dass er das Grundstück überhaupt in Erwägung gezogen hatte, nachdem er die Eule entdeckt hatte, sosehr wünschte sie sich jetzt, dass alles sowohl für ihn als auch für die Vögel gut ausgehen würde. Da sie den ganzen Tag damit verbracht hatte, mit jedem zu sprechen, von dem sie geglaubt hatte, dass er ihr helfen könnte, hatte sie auch das Mittagessen ausgelassen, weswegen sie momentan schier am Verhungern war. „Meine Neugierde bringt mich um. Wie weit ist es noch?"

„Fast am Ziel. Ein Vorteil von Paradise Ridge als eine der größeren Ranches in diesem Teil von Texas ist, dass wir ein großes Grundstück haben, darunter auch einige interessante Landschaften. Der Nachteil ist natürlich, dass es bei einigen länger dauert, sie zu erkunden."

„Die Ranch heißt Paradise Ridge?"

Er nickte.

„Ich habe mich gefragt, wofür das PR auf den Eingangssäulen steht. Ich wusste nicht recht, wie der Name Baron da hineinpasst."

„Tut er nicht. Das Grundstück gehörte der Familie meiner Großmutter. Sie war den ganzen Weg von Irland hierhergekommen und ließ sich zunächst in Tennessee nieder. Als sich dann die Gelegenheit bot, weiter nach Westen vorzustoßen, schafften es die Conroes bis nach Texas. Ein andermal werde ich Sie zu dem Hügel bringen, auf dem sich die ursprüngliche Siedlung befand."

„Oh, ist noch etwas davon übrig?"

Er lächelte und nickte erneut. „Nur eine kleine Blockhütte, aber sie steht noch. Meine Großmutter hat dafür gesorgt. Als die Siedler den Hügelkamm erreichten, erklärte meine Urgroßmutter, dass sie das Paradies erreicht hätten. Sie tauften die ursprüngliche Hütte auf dem Hügel Paradise Ridge. Der Name blieb der Ranch erhalten, auch als die Hütte für die Familie zu klein wurde und meine Vorfahren mehr Land erwarben. Er war einfach perfekt."

„Mir gefällt er." Kate lehnte sich zurück und betrachtete die Weideflächen sowie die Rinder, die verstreut darauf herumstanden. Die Landschaft war nicht das Einzige, was ihr an der Paradise Ridge Ranch gefiel.

„Da wären wir." Craig brachte den Jeep auf einer Hügelkuppe zum Stehen. „Wenn Sie die Decke vom Rücksitz mitnehmen könnten, trage ich den Korb."

„Erledigt." Sie griff nach der weichen, aber schweren Patchworkdecke. Deren Gewicht überraschte sie, verriet ihr aber auch, dass es sich nicht um eine im Laden gekaufte mit Polyesterfüllung handelte, sondern eher um eine mit Baumwolle gefüllte Steppdecke, die wahrscheinlich schon seit Generationen in der Familie war. Sie half Craig, sie auf dem Boden auszubreiten, und betrachtete dabei die Nähte. Wie sie schon vermutet hatte, war sie handgenäht. „Ich möchte diese schöne Decke eigentlich gar nicht auf den Rasen legen."

Craig öffnete den Korb, nahm die Flasche Wein in die eine und einen großen Behälter in die andere Hand. Er blickte auf die Decke hinunter. „Davon haben wir eine ganze Menge. Ich glaube, jede Verwandte in dieser Familie hat ihr ganzes Leben damit verbracht, Decken zu nähen, um sie über Generationen weiterzuvererben."

„Trotzdem." Sie betrachtete das bunte Muster.

„Ich mache keine Witze. Grandma hat ganze Schränke, die voll sind mit diesen Familien-Bettdecken."

Kate wollte gerade einwenden, dass alte Steppdecken etwas sehr Wertvolles seien, als ihr der Duft von gebratenem Hähnchen in die Nase stieg. Nachdem Craig den Deckel des großen Behälters abgenommen hatte, roch das noch warme Gericht absolut himmlisch.

„Die sind auch toll." Craig hielt ihr eine offene Dose mit Kartoffelchips hin. „Hazel ist ein Genie, wenn es um selbstgemachte Kartoffelchips geht. Sieht aus, als hätte sie sich heute für Süßkartoffelchips entschieden."

„Wow!" Kate nahm einen Bissen und befand, dass Selbstgemachtes um ein Vielfaches besser war als im Laden Gekauftes.

„Sie fügt Zimt und eine andere geheime Zutat hinzu, die sie niemandem verraten will."

„Wenn sie die verpacken und verkaufen könnte, würde sie ein Vermögen machen.“

„Wie bei allen verarbeiteten Lebensmitteln bin ich mir sicher, dass diese besondere Qualität verloren geht, sobald jemand versucht, sie massenhaft herzustellen.“ Er öffnete den Deckel eines anderen Behälters, winkte ihr mit einer Gabel zu und streckte einen Arm aus. „Krautsalat?“

Den Mund voll mit dem ersten Bissen schluckte sie schnell. „Danke.“

„Auch selbst gemacht. Ich wünschte, Hazel würde ihn uns öfter vorsetzen.“

Als sie nach dem angebotenen Essen griff, berührte ihre Hand leicht die seine. Ein elektrischer Funke schoss ihren Arm hinauf und ihre Wirbelsäule hinunter und raubte ihr fast den Atem. Sie kam sich vor wie in einem alten Film und hätte schwören können, dass sie eine romantische Geigenmelodie hörte. Es kostete sie jedes Quäntchen Willenskraft, sich nicht nach vorn zu beugen, ihn an sich zu ziehen und zu sehen, wie das restliche Orchester klingen würde.

So wie sich Craigs Augen verdunkelten und sich seine Kiefer anspannten, vermutete sie, dass sie nicht die Einzige war, die diese Verbindung spürte. Die Frage war nur, was zum Teufel sollte sie dagegen tun?

Nicht, dass sie überhaupt eine Chance gehabt hätte, darüber nachzudenken. Craig räusperte sich, lehnte sich wieder zurück und setzte den Deckel wieder auf den Behälter. „Ich glaube, er wird Ihnen schmecken. Der Krautsalat, meine ich.“

Vernunft und gesunder Menschenverstand verdrängten Spontaneität und das Spiel mit dem Feuer, und so konnte sie nur nicken und einen weiteren Bissen nehmen. „O Mann!“ Sie deutete mit der Gabel auf den Teller. „Ich glaube wirklich, das ist der beste Krautsalat, den ich je gegessen habe.“

„Zweifeln Sie nicht daran." Craig stellte seinen überquellenden Pappteller auf die Decke und seufzte, ob wegen der verpassten Gelegenheit oder wegen etwas anderem, wusste sie nicht. „Die Sonne wird bald untergehen." Er deutete den Hügel hinunter. „Ich möchte, dass Sie die Mesquites am Fuß des nächsten Hügels im Auge behalten."

Mit einem gebratenen Hähnchenflügel in der Hand schielte sie zu den Bäumen hinunter, auf die er deutete. „Was ist da unten?"

„Nicht viel." Das Funkeln in seinen Augen und sein Lächeln ließen sie jedoch vermuten, dass da unten definitiv etwas vor sich ging.

Sie war so sehr damit beschäftigt zu verstehen, was an einer Baumgruppe am Fuße eines Hügels so interessant war, dass sie das Essen ganz vergaß.

„Noch mehr Hähnchen?" Craig hielt wieder den Behälter hin.

Sie schüttelte den Kopf. „Nein, danke." Ihr großer Hunger war gestillt, und sie war nun viel mehr an den Bäumen interessiert und daran, was Craig noch zu bieten hatte.

„Ich kann Ihnen verraten, dass diese Bäume den Eingang einer alten Höhle verbergen."

„Einer Höhle? Mitten auf einer Weide?"

Craig zuckte mit den Schultern. „Wer bin ich, dass ich mit Mutter Natur streite?"

Sie knabberte an ihrem restlichen Hähnchen und wünschte sich, Craig würde ihr einfach sagen, was los war.

„Es ist genau der richtige Zeitpunkt." Er zückte sein Handy und lächelte sie an. „Passen Sie auf!"

„Das tue ich." Sie wagte es nicht, den Blick vom Fuß des Hügels abzuwenden. Allerdings hielt sie Craig für verrückt, denn jeden Moment würden sie in völliger Dunkelheit auf einem Hügel sitzen und etwas essen, das sie nicht sehen konnten. Und dann geschah es. Sie hörte ein Rascheln, und als sie blinzelte, kam ein dunkler Schwarm zwischen den Bäumen hervor.

Innerhalb von Sekunden war der sich verdunkelnde blaue Himmel von schwarzen Flecken bedeckt, die auf und ab flogen. Die Bewegungen von Flügeln in der Luft erzeugten ein lautes Rauschen. Kate brauchte eine weitere Sekunde, um den herrlichen Anblick der schwarzen Punkte zu verarbeiten, die sich vor dem nun roten, rosa und grauen Himmel bewegten. Fledermäuse!

„Wow!" Sie wagte es, einen Blick in Craigs Richtung zu werfen. Er grinste über beide Ohren.

„Ich dachte mir schon, dass Ihnen das gefällt."

Das Rauschen ging weiter, während gefühlt Tausende von Fledermäusen über ihr herumflogen, bevor sie auf der Suche nach Nahrung außer Sichtweite gerieten. Kate hielt sich die Hand vor den Mund und fand keine Worte für diesen herrlichen Anblick.

„Als Kinder haben wir im Sommer stundenlang hier gelegen und darauf gewartet, dass sie nachts aus ihren Höhlen kommen. Im Herbst ziehen sie natürlich in den Süden, wo es wärmer ist, aber wir fühlen uns alle sehr privilegiert, sie hier zu haben."

„Ich habe mir jahrelang vorgenommen, wenn ich das nächste Mal in Austin bin, werde ich Touristin spielen und Fledermäuse suchen. Das hier ist so viel besser." Ohne weiter darüber nachzudenken, drehte sie sich um und schlang die Arme um seinen Hals. „Danke!"

KAPITEL DREIZEHN

Die Art und Weise, wie Kate sich voller Freude an ihn drückte, war eine zu große Versuchung, als dass er ihr widerstehen konnte. Ohne zu zögern legte er die Arme um ihre Taille und hielt sie fest. Als ihre Blicke einander begegneten und die untergehende Sonne fast verschwunden war, sah er die Überraschung in ihren Augen. Allerdings wusste er nicht so recht, ob aus Vorfreude oder aus Verzweiflung. Für ihn gab es nur einen Weg, das herauszufinden.

Er beugte den Kopf hinunter und zögerte wenige Zentimeter von ihrem Gesicht entfernt. Er tat sein Bestes, um die Fülle von Gefühlen und Gedanken in ihren Augen zu deuten, aber da er keine Anzeichen von Besorgnis darin sah, kam er noch näher. Er ließ ihre Münder zu einem sanften und zärtlichen Kuss verschmelzen, der noch süßer schmeckte, als er erwartet hatte. Aber genau diese Süße sagte ihm, dass er sich zurückziehen sollte, bevor er sich in Schwierigkeiten brachte.

Als er sich wieder nach hinten lehnte, aber die Hände weiterhin locker um Kates Taille hielt, wartete er auf ein Zeichen, ob er es völlig vermasselt hatte oder nicht. Es dauerte länger, als ihm lieb war, aber ihre Zungenspitze lugte hervor und befeuchtete ihre Lippen, und dann, zu seiner großen Freude, breitete sich ein freudiges Lächeln auf ihrem Gesicht aus.

„Das war schön.“

Er erwiderte ihr Lächeln. „Mehr als schön.“

Ihre Wangen erröteten, und Kate im heller werdenden Mondlicht war wohl der schönste Anblick seines Lebens. Er schloss kurz die Augen und überlegte, ob er es wagen sollte, sich für einen weiteren Kuss nach vorn zu beugen, oder ob er das Klügere tun und an Ort und Stelle bleiben sollte, solange er sich noch beherrschen konnte. Alles in ihm schrie, dass er sie nicht gehen lassen durfte, bis auf die leise Stimme in seinem Hinterkopf, die ihn warnte, dass nur Dummköpfe so überstürzt vorgehen würden.

Er zwang sich, sie loszulassen, und rutschte vorsichtig von ihr weg. „Sollen wir das Abendessen im Mondlicht zu Ende führen oder möchtest du lieber zurückfahren und auf richtigen Stühlen sitzen?“

Sie senkte das Kinn und betrachtete die Decke unter ihnen. „Es ist eine schöne Nacht.“

Das stimmte allerdings.

„Das Mondlicht ist ziemlich hell.“

Er nickte und musste sich sehr beherrschen, nicht die Haut an ihrem Hals zu küssen, während sie zum Himmel blickte.

„Sieh dir all diese Sterne an!“

Mit Mühe wandte er den Blick von ihr ab und schaute in den Himmel, den er so gut kannte.

„Es ist kaum zu glauben, wie nah wir an Houston sind, und doch habe ich noch nie solche Sterne bei mir zu Hause gesehen.“

„Es gibt kein künstliches Licht. Jetzt versteht man, warum Schriftsteller den Nachthimmel immer mit schwarzem Samt vergleichen.“

„Diamanten auf schwarzem Samt.“

Er nickte und seufzte nervös, griff nach dem restlichen Brathähnchen und hielt es Kate hin. „Noch etwas zu essen?“

„Nein, danke. Obwohl …" Wieder grinste sie, streckte eine Hand aus und holte ein paar Chips hervor. „Wir müssen wirklich herausfinden, was Hazel außer Zimt noch auf diese Chips gestreut hat."

Und einfach so war alles wieder normal. „Ich habe ein Update zu der anderen Fledermaus-Situation."

Zu seiner Überraschung presste Kate die Lippen fest aufeinander, schloss die Augen und schüttelte den Kopf. „Sie haben es dir gesagt?"

„Wer hat mir was gesagt?"

Sie zuckte mit den Schultern und öffnete die Augen wieder. „Irgendeiner der neun Millionen Menschen, die ich heute angerufen habe. Es tut mir leid. Ich habe es versucht. Ich habe es wirklich versucht. Und ich wollte nicht, dass dich jemand damit belästigt. Hat sich jemand darüber beschwert, wie aufdringlich ich war?" Sie riss die Augen auf, und ihr klappte die Kinnlade herunter. „O nein! Hat sich eine der Agenturen bei deinem Bruder beschwert? Ich wollte niemanden in Schwierigkeiten bringen. Ich wollte nur helfen."

Nichts von dem, was sie gerade gesagt hatte, ergab einen Sinn, bis auf ihre letzten Worte. Wie hatte sie helfen wollen? „Würde ich den Abend total ruinieren, wenn ich zugebe, dass ich keine Ahnung habe, wovon du redest?"

„Du weißt es nicht?" Der panische Ausdruck wurde durch Verwirrung ersetzt.

Er schüttelte den Kopf. „Tut mir leid, nein."

„Vielleicht solltest du mir einfach sagen, was dein aktueller Stand ist."

Wenn er etwas von seinen drei jüngeren Schwestern gelernt hatte, dann, dass ein Mann in derartigen Situationen der Führung der Frau folgen sollte. „Ein Team von Studenten wird ab morgen das Grundstück nach Fledermäusen durchsuchen, die hier überwintern."

„Wirklich?" Ihre Augen waren noch größer und

ihre Stimme eine Oktave höher geworden.

„Ja. Mir ging es genauso, als ich den Anruf von Professor Stanwyck erhielt."

Sie runzelte die Stirn und kniff die Augen zusammen. „Das ist merkwürdig. Als ich heute herumtelefoniert habe, habe ich *Lady, so funktioniert das nicht* nicht nur einmal, sondern hundertmal gehört. Wie hast du sie dazu gebracht, so schnell ein Team zusammenzustellen?"

„Nicht ich." Er zuckte mit den Schultern. „Sondern mein Großvater."

„Es kommt nicht darauf an, was man weiß, sondern wen man kennt." Sie nickte nachdenklich. „Natürlich." Er wünschte, die letzten beiden Worte hätten nicht so hart geklungen.

„Es tut mir leid, wenn dich seine Einmischung verärgert, aber er hat es gut gemeint." Das tat er immer.

Wieder schüttelte sie den Kopf. „Zum ersten Mal bin ich froh, dass Macht und Verbindungen funktionieren. Ich habe versucht, das Gleiche zu tun, allerdings verfüge ich nicht über den Einfluss eines ehemaligen Gouverneurs."

„Aber du siehst besser aus, falls das hilft." Er hob die Augenbrauen und flehte sie mit einem Lächeln an, sich nicht aufzuregen.

Das würde sie sicher nicht tun. Ja, es gab viele Momente, in denen sie wütend über die Privilegien war, die mit Geld und Macht und einem schmutzigen Kampf einhergingen, aber in diesem Fall war sie einfach nur froh, dass es jemand geschafft hatte, das Ganze für ihn zu beschleunigen. „Also, wie sieht der Plan jetzt aus?"

„Leider muss ich morgen Nachmittag wegfliegen. Es gab ein paar Komplikationen an einem Set in L.A. Ich musste meinen Erstgeborenen verkaufen, damit man uns am Strand von Malibu drehen lässt."

„Du hast doch gar keine Kinder." Oder hatte sie etwas an ihm übersehen?

Er brach in ein tiefes Lachen aus. „Entschuldigung, das war nur eine Redewendung. Meine Mutter sagt, mein gelegentlicher Hang zu übermäßiger Dramatik macht mich zu einem guten Produzenten."

„Mir ist nicht aufgefallen, dass du übermäßig dramatisch bist."

„Danke. Ich glaube nicht, dass ich das bin, aber es gibt Probleme am Set. Ich musste schwören, dass wir nicht auf der Straße parken. Das bedeutete, dass wir herausfinden mussten, wie wir die Ausrüstung, den Grip-Truck …"

„Grip-Truck?"

„Entschuldigung, ein Grip-Truck ist ein sechs Tonnen schweres Fahrzeug wie ein großer Umzugswagen, der die gesamte Ausrüstung außer Kameras und so weiter transportiert. Dann mussten wir uns überlegen, wo wir den Trailer für die Maske und diejenigen für die Stars unterbringen."

„All die Dinge, für die man hier in Texas Platz benötigt."

Ein breites Grinsen erschien auf seinem Gesicht. „Genau. All diese Dinge und noch mehr. Wir müssen das alles hinter einem Tor aufbewahren und haben nur eine kleine Einfahrt zur Verfügung. Natürlich wäre es viel einfacher gewesen, wenn der hochkarätige Star, der auf der anderen Straßenseite lebt und gerade einen Film in Paris dreht, nicht so ein Idiot wäre und uns erlaubt hätte, in seiner leeren Einfahrt zu parken."

„Das scheint nicht sehr nachbarschaftlich zu sein. Sind alle Promis so gemein?"

„Nein, aber das Shuttle-System, das wir eingerichtet haben, funktioniert nicht, und jemand muss hinfahren und neu verhandeln, wie wir diesen Film durchziehen können, ohne das Budget völlig zu sprengen oder aus der Stadt geworfen zu werden."

„Bist du am Freitag wieder da?"

„Auf jeden Fall." Er lachte leise. „Selbst wenn ich dafür meine Zweitgeborene verkaufen müsste."

Das brachte Kate wiederum zum Lachen. Was hatte dieser Mann an sich, dass ihr das so leicht fiel? „Vielleicht hätte ich das versuchen sollen."

„Deine Zweitgeborene zu verkaufen?", stichelte Craig.

Kate nickte. „Eine meiner vielen Unterhaltungen an diesem Tag war mit dem neuen Zuständigen vom Verein für Fische und andere Wildtiere."

„Nicht so freundlich wie Ted?"

Diesmal schüttelte sie den Kopf und zupfte an einem Grashalm neben sich. „Ich bin mir nicht sicher, ob er überfordert, zu wenig informiert oder einfach nur schwierig ist."

„Oje, das hört sich nicht gut an."

Sie richtete sich auf, reckte das Kinn wie eine Prinzessin, deren Korsett zu eng ist, in die Luft und ahmte den neuen Zuständigen nach. „Ich kann das unmöglich über Nacht bearbeiten. Zahlreiche Fälle auf meinem Tisch sind dringlicher als Ihrer. Es wäre nicht fair, Ihre Situation zu beschleunigen."

„Hat er sich wirklich so angehört?" Craig stützte sich auf seine Ellbogen.

„Schlimmer. Ich weiß nicht, ob er erkältet ist oder die gleichen Gene hat wie Kermit der Frosch."

„Du meinst den aus der Muppet Show?"

Sie unterdrückte ein Lachen und nickte.

„Nun, das Wichtigste ist, dass der Professor und sein Team kommen, um die Situation zu klären."

Sie lehnte sich neben ihm zurück und ließ den Blick in den samtigen Himmel schweifen. „In Nächten wie dieser wünscht man sich, dass der Morgen nicht kommen müsste.“

„Die Sterne sind wunderschön.“

„Das sind sie wirklich.“ Sie ließ unerwähnt, dass es nicht an den Sternen lag, dass sie sich wünschte, diese Nacht würde nicht enden. Die Landschaft war großartig, aber es war seine Gesellschaft, die ihr Herz schneller schlagen ließ. Sie war sich nicht sicher, wie lange sie anschließend auf der Decke lagen, in den Sternenhimmel starrten und nur wenige Worte wechselten. So seltsam es auch war, sie hatte sich noch nie so wohl gefühlt, schweigend mit einem anderen Menschen zusammen zu sein.

Als Craig sich nach vorn beugte und die Reste des Abendessens in den Korb packte, hätte sie fast einen schweren Seufzer der Enttäuschung ausgestoßen. Natürlich musste der Abend irgendwann zu Ende gehen, und mit den Füßen aufzustampfen wie eine Dreijährige, um zu zeigen, dass sie noch nicht bereit war zu gehen, wäre keine sonderlich gute Idee. „Wann geht dein Flug?“

Er stand auf, den Picknickkorb an einem Arm, reichte ihr seine freie Hand und zog sie sanft hoch. „Nicht vor zwei Uhr. Die Morgenflüge sind alle ausgebucht. Außerdem möchte ich das Umweltteam auf dem Grundstück treffen und mich vorstellen.“

Das war gar keine so schlechte Idee. Nicht, dass sein charmantes Auftreten oder sein Name Baron etwas an dem ändern würde, was das Team herausfand. Aber andererseits, was wusste sie schon über den Einfluss der Barons. Offensichtlich hatte der Gouverneur Berge versetzt, die sie nicht einmal erreichen konnte. „Ich würde gern mitkommen, wenn das in Ordnung ist.“

Sogar im Mondlicht konnte sie sein strahlendes

Lächeln sehen, das ihr Inneres Purzelbäume schlagen ließ. „Es wäre sogar mehr als in Ordnung.“

Sie erwiderte sein Lächeln, drehte sich dann um, hob die Decke auf, legte sie sorgfältig zusammen und klemmte sie unter einen Arm. „Bereit?“

Craig nickte. Sein Lächeln wurde zaghafter, und er streckte erneut eine Hand aus. „Okay?“

Ihr Herz machte einen Aussetzer angesichts der dargebotenen Hand. Sie ließ ihre hineingleiten und genoss die sanfte Stärke seiner Finger, die sich schützend um ihre schlossen. „Mehr als okay.“

Ein großer Teil von ihr interessierte sich nicht mehr für die Fledermäuse, die Eulen oder die Eier im Nest. Ihre jahrelange Erfahrung sagte ihr, dass das Ganze wahrscheinlich nicht gut für Craig und sein Projekt ausgehen würde und dass sie nichts tun konnte, um das zu ändern. Aber in diesem Moment hoffte sie inständig, dass das Team Baron ein Wunder vollbringen konnte.

KAPITEL VIERZEHN

Zum ersten Mal, seit er ein pickliger Teenager gewesen war, der sich auf den Abschlussball, oder besser gesagt, auf die anschließenden Partys gefreut hatte, konnte Craig nicht aufhören, an Kate im Mondlicht zu denken oder daran, wie sehr er sie hatte küssen und nicht mehr damit hatte aufhören wollen. Vergangene Nacht war alles perfekt gewesen. Alles an Kate war perfekt. Mehr als perfekt. Jedes Lächeln von ihr machte ihn noch entschlossener, ihr immer ein solches aufs Gesicht zu zaubern. Er wollte ihr die Welt auf einem Silbertablett servieren, selbst wenn das bedeuten sollte, dass er im Alleingang jedes Tier auf dem Planeten retten musste.

Er machte sich absolut lächerlich. Er wusste es, und doch konnte er nichts dagegen tun. Wenn seine Brüder ihn jetzt sehen könnten, würden sie ihm das nicht durchgehen lassen. Wer hätte jemals geglaubt, dass es ihm wichtiger werden würde, eine Frau glücklich zu machen, anstatt Geld, Filmdeals oder gar die Kunst des Handelns. Diese schöne, fürsorgliche Frau hatte es ihm angetan und sich in seinen Verstand und, verdammt noch mal, auch in sein Herz geschlichen. Die Frage, die sich ihm heute Morgen stellte, war also, was zum Teufel sollte er dagegen tun?

Nervös klopfte er mit seinem College-Ring gegen das Lenkrad und dachte an das Logistikproblem in L.A., an das Team, das seine Geschäftspläne in den

Händen hielt, und an die Frau, von der er sich nach einer langen Fahrt und einem kurzen Gutenachtkuss auf der Veranda nur widerwillig getrennt hatte. Wenn der Bericht des Professors ihn gegen Kate aufbrachte, wie zum Teufel sollte er dann damit umgehen? Er klopfte in einem schnelleren Takt mit seinem Ring und schüttelte langsam den Kopf. Er hätte nie gedacht, dass es einmal einen Tag geben würde, an dem er auch nur in Erwägung ziehen würde, für die Liebe zu einer Frau einen großen Batzen Geld sausen zu lassen. Und da war wieder dieses Wort, das in seinem Kopf und seinem Herzen herumtanzte. War es das wirklich? Hatte er, wie seine Brüder vor ihm, die *Eine* gefunden? Die Frau, mit der er alt werden wollte wie seine Großeltern? Craig seufzte schwer und fuhr auf die unbefestigte Auffahrt. Er war immer noch so verwirrt und nervös wie damals, als er sich die ganze Nacht hin und her gewälzt hatte.

Als er auf den Spurrillen und Vertiefungen der Straße entlangfuhr, überraschte ihn die Anzahl der Autos, die an einer Seite der Einfahrt parkten. Wie viele Studenten brauchte das Umweltteam denn? Als er sich einreihte und seinen Wagen abstellte, wurde ihm beim Anblick des Trucks vom Verein für Fische und andere Wildtiere mulmig. Hatte der Neue nicht sowohl ihm als auch Kate gesagt, dass er keine Zeit für dieses Projekt hatte? Was zum Teufel tat er dann hier?

Auf der anderen Seite des Fahrzeugs entdeckte er Kates Auto. Er hatte nicht erwartet, dass sie ihm hier zuvorkommen würde. Er fuhr sich mit der Hand über die Stirn, schirmte seine Augen vor der Morgensonne ab und sah weder Kate noch sonst jemanden. Plötzlich kam ihm ein Gedanke: Was, wenn dieser Fischvereinstyp gar nicht der Neue war, sondern Ted? Was, wenn er Zeit für das Projekt und für Kate gefunden hatte? Bei diesen Gedanken marschierte er schneller zur anderen Seite der Scheune, wo Ted erstmalig erwähnt hatte, dass er den gelb gestreiften Dingsbums gefunden hatte.

Als Craig um die Ecke bog, wäre er fast über seine eigenen Füße gestolpert. Eine Armee von Ameisen hätte die Zahl der Menschen, die sich langsam über das offene Feld bewegten, weder übertreffen noch ausmanövrieren können. Nach einem weiteren Moment fiel ihm auf, wie vorsichtig sich die Menge bewegte, beinahe wie eine Armee.

„Sie sind seit dem Morgengrauen hier." Ein großer Mann in Jeans und College-Sweatshirt tippte auf sein Telefon, steckte es in die Tasche und streckte eine Hand aus. „Ich bin Bob Stanwyck."

„Schön, Sie kennenzulernen." So beiläufig wie möglich warf Craig einen Blick über Stanwycks Schulter, um nach Kate Ausschau zu halten.

„Wenn Sie Ihre Freundin suchen, sie und der Vereinstyp sind am ursprünglichen Neststandort."

Es dauerte ein paar Sekunden, bis er begriff, dass er die Fledermäuse im Winterschlaf meinte, nicht die Eule. „Ich verstehe."

„Ich war kurz weg, um einen Anruf entgegenzunehmen. Ich vermute, dass sie immer noch da drüben sind und über die Situation sprechen."

Oh, das hörte sich nicht gut an. Er trat neben den Professor und widerstand dem Drang, sich an ihm vorbeizudrängeln und Kate schnell zu finden. Nach ein paar Sekunden erkannte er sie schließlich in der Ferne. Sie stand neben einem mit gelbem Klebeband abgesperrten Bereich, der Craig an einen Tatort im Fernsehen erinnerte, die Hände in die Hüften gestemmt, die Ellbogen wie Hühnerflügel ausgebreitet, und jeder Narr konnte sehen, dass sie äußerst unglücklich war.

„Das ist absurd!", schimpfte sie.

Der Mann in Uniform, bei dem es sich zu Craigs Freude nicht um den verliebten Ted handelte, schüttelte den Kopf. „Ma'am, ich halte mich nur an die Regeln."

„Leitlinien sollten genau das sein, Leitlinien. Keine starren Vorgaben ohne Flexibilität."

Der Mann, der jünger aussah als einige der Studenten, die das Gelände durchkämmten, schüttelte immer noch den Kopf und zeigte keinerlei Anzeichen dafür, dass er sich für ihre Worte interessierte, geschweige denn, dass er ihr wirklich zuhörte.

Craigs Bauchgefühl sagte ihm, dass er nicht wissen wollte, worüber sie sich stritten, und doch kam er den beiden immer näher. „Habe ich etwas verpasst?"

Kate wirbelte mit zusammengebissenen Zähnen herum und trat seufzend zu ihm. „Bis jetzt hat das Team nur eine aktive Stelle gefunden, und auch zwei verlassene Nester. Keine Fledermäuse."

„Das ist gut." Craig nickte und fragte sich, was ihm entgangen war. Kein Mensch auf der Welt wurde bei guten Nachrichten derart aufgebracht.

„Das wäre es." Sie stand nur wenige Zentimeter von ihm entfernt und stieß einen weiteren tiefen, langen Atemzug aus. „Alan hier will alles dichtmachen." Mit zusammengekniffenen Augen blickte sie in die Richtung des Mannes. „Und ich meine alles. Keine Autos, keine Bauunternehmer, keine Besitzer, nichts."

Craig brauchte einen Augenblick, um zu kapieren. *Moment mal.* „Besitzer? Also ich?"

Sie nickte heftig, während sie mit der Fingerspitze auf ihre Nase klopfte. „Ganz genau. Es ist vielleicht an der Zeit, sich noch einmal mit deinem Großvater zu unterhalten. Ich gehe zurück zu meinem Auto, um Ted anzurufen."

Mit seinem Tablet in der Hand straffte der Vereinstyp die Schultern und starrte Kate mit großen Augen an.

Craig war sich nicht so sicher, ob ihm das besser gefiel als Teds strahlende Augen.

„Wenn Sie mit seinem Großvater den ehemaligen Gouverneur Baron meinen …"

An dem Tonfall des Mannes konnte man erkennen, dass ihm dieser Familienname nicht sonderlich gefiel. Das Wort, das Craig in den Sinn kam, war vielmehr Verachtung.

Alan schüttelte den Kopf. „Der *ehemalige* Gouverneur ist nicht mein Chef."

Kate blieb stehen, sah zu Craig, dann zu Alan und dann wieder zu Craig. Einen Moment lang fürchtete Craig angesichts ihres leicht geöffneten Mundes, dass sie Feuer speien würde. Stattdessen schloss sie ihn wieder, schüttelte den Kopf und stürmte zur Scheune, bis ein Kreischen über ihr sie aufblicken ließ.

Craig zückte sein Handy. Er tippte darauf herum, ignorierte Alan und eilte Kate nach. Eine Sache, die er in seinem bisherigen Berufsleben zur Meisterschaft gebracht hatte, war die Kunst, gleichzeitig zu gehen, zu reden, Kaugummi zu kauen und eine Nachricht zu schreiben.

Kate hielt inne und schüttelte den Kopf, dann ging sie weiter. „Eine der Eulen scheint heute Morgen ein wenig gesprächig zu sein. Seltsam."

„Ein sprechender Vogel?", erwiderte er lächelnd. „Ja. Seltsam ist ein gutes Wort."

Sie machte sich nicht die Mühe, ihn anzusehen, sondern schüttelte nur erneut den Kopf und ging weiter zum Scheunentor.

Craig schaute über seine Schulter und war unerwartet erfreut, dass Alan an Ort und Stelle geblieben war und die arbeitenden Studenten anbellte. Als er zu Kate zurückblickte, fragte er sich, warum sie immer wieder zu der Eule hochschaute, die über der Scheune schwebte. Was war so schlimm daran? Als sie schneller ging, wanderte ein Kribbeln über seinen Rücken. Er hatte keine Ahnung, was los war, aber er beschleunigte trotzdem sein Tempo.

So schnell Kate in die Scheune geeilt war, so schnell kam sie wieder heraus.

„Was ist los?"

Sie stemmte die Hände wieder in die Hüften und erwiderte, während sie zu dem immer noch herumfliegenden Vogel hinaufblickte: „Normalerweise sitzt Mama Eule etwa dreiundzwanzig Stunden am Tag auf dem Nest, aber wenn sie eine Pause macht, um Futter zu holen, kommt Papa Eule und kümmert sich um den Nistplatz."

„Okay."

Sie schüttelte den Kopf. „Keiner kümmert sich um das Nest. Das heißt, einer der Elternteile schwänzt, ist betrunken oder beides."

Jetzt war er völlig verwirrt.

„Etwas stimmt hier nicht." Mit gerunzelter Stirn bewegte sie sich in die gleiche Richtung, in der der Vogel weiter kreiste. Als das Kreischen an Tonhöhe und Lautstärke zuzunehmen schien, gingen sowohl Kate als auch Craig langsamer. Beide scannten die Umgebung. Niemand hatte ein Wort gesagt, und doch schienen sie beide zu wissen, was zu tun war.

„Da!" Ihr Arm schoss nach oben, und sie rannte mit der Geschwindigkeit eines medaillenheischenden Sprinters los. „O nein!"

In dem Moment, als ihr Herz in ihrer Brust zu schlagen begonnen hatte wie ein Presslufthammer, hatte Kate gewusst, dass etwas nicht stimmte. Schon seit Tagen hatte ihr Herz wie wild geschlagen, wenn Craig in der Nähe war, aber dieses hektische Pochen hatte weniger mit körperlicher Anziehung als mit einem überwältigenden Gefühl der Angst zu tun. Der schneeweiße Haufen zu ihren Füßen entlockte ihr ein lautes Kreischen aus der Tiefe ihrer Kehle. Die schlaffe Vogelmama lag einfach so da, und Kate fiel auf die Knie.

„Wie schwer ist sie verletzt?" Craig hockte sich neben sie auf den Boden. Ohne eine Antwort abzuwarten, legte er eine Hand auf die Brust des Vogels und sagte dann zu Kate: „Sie atmet, aber ich habe keine Ahnung, ob sie darum kämpfen muss."

„Wir müssen sie zum Tierarzt bringen." Kate riss sich ihr Sweatshirt vom Leib und legte ihr Greenpeace-T-Shirt frei. Behutsam deckte sie die Eule zu und nahm sie in ihre Arme.

„Ich helfe dir." Craig wickelte die Krallen ein und nahm Kate die Vogelmama ab. „Wenn sie zu sich kommt, will ich nicht, dass sie dich zu Tode kratzt."

Ihr kam der Gedanke, ihm mit deutlichen Worten zu erklären, dass sie mit einer rasenden Eule auch mit geschlossenen Augen fertig werden könnte, aber der Ausdruck in Craigs Augen hielt sie davon ab. War das derselbe Mann, der gesagt hatte, Geschäft sei Geschäft und die Eule könne auf dem Gebiet eines anderen leben? Die Fürsorge und Zärtlichkeit, die er dem kranken Vogel entgegenbrachte, versetzte ihr einen Schlag gegen die Brust und drückte ihr Herz zusammen.

„Wohin sollen wir sie bringen?" Er eilte bereits zum Auto.

„Pegs Rettungszentrum für Wildtiere ist nicht weit von hier. Ich rufe sie an." Sie zückte ihr Handy und schaute zu dem Eulenpapa hinauf, der immer noch über ihr kreischte. „Ich werde auch sehen, ob wir ein paar Studenten holen können, um diesen da zu fangen und die Eier einzusammeln. Wir müssen sie warm halten. Hoffentlich war Mama nicht zu lange weg."

„Ansonsten …" Craig blickte zu dem Vogel.

„Ansonsten", beendete Kate den Satz für ihn, „könnte sich dein Eulenproblem von selbst gelöst haben."

Er drehte den Kopf langsam von einer Seite zur anderen. „Ich möchte es lieber behalten."

„Was tun Sie da?" Alans Blick fiel auf die Kleidung und die Eule in Craigs Armen.

„Ich bringe dieses kranke Tier zum Vogeldoktor."

„Krank?" Alan kam näher und zog mit einem Finger das Sweatshirt weg.

„Wir müssen jetzt wirklich los", erwiderte Craig und ging langsam weiter.

Alan spannte die Kiefer an und kniff die Augen zusammen. „Verdammt! Sie ist nicht krank. Sie wurde angeschossen. Ich werde das melden müssen und ein Spezialistenteam herschicken, damit es sie in eine unserer Kliniken verlegen kann."

„Herschicken?" Craig starrte den Typen an, als wäre diesem ein zweiter Kopf gewachsen.

„Ja." Alan holte sein Handy hervor. „Ich kann den Vogel nicht wegbringen, ich muss vor Ort bei den Studenten bleiben."

„Wir können nicht warten." Craigs Stimme war beinahe ein Knurren.

Alan hielt sich das Handy ans Ohr. „Wir haben keine Wahl. Regeln sind Regeln."

Zu den Grundgedanken des Umweltschutzes gehörte ein gewaltfreies, friedliches Leben. Im Moment hatte Kate wenig Interesse an Frieden, und die Vorstellung von Gewalt gegen jemanden, der das Leben eines so schönen Vogels noch mehr gefährden würde, klang plötzlich auch nicht mehr so schlecht. Sie ignorierte Alan, winkte eine der Studentinnen zu sich und sagte ihr, was sie brauchte. Die eifrige junge Frau stellte daraufhin ein Team zusammen und schickte ein paar Leute zum Nest, während die anderen den Partner des verletzten Vogels aufspüren sollten. Dem Himmel sei Dank, dass andere hier waren, um zu helfen. Kate hatte das Gefühl, dass es zu einem Blutvergießen kommen könnte, wenn sie sich davonmachen würde. Den Todesblicken nach zu urteilen, die die Studenten Alan zuwarfen, schien die Zahl derer, die ihn verprügeln wollten, exponentiell zu wachsen.

„Von wegen Regeln!" Craig verdrehte die Augen, wandte sich von dem regelverliebten Einsatzleiter ab und marschierte rasch auf das Auto zu, wobei er Kate über seine Schulter zurief: „Ich nehme an, wenn sie angeschossen wurde, wird sie nicht plötzlich wieder aufwachen. Ich fahre, wenn du den Vogel übernimmst."

Sie lief zu ihm und vertraute darauf, dass die Studenten die Eier retten würden. „*Ich* kann fahren."

Er blieb auf der Beifahrerseite seines Wagens stehen, schüttelte den Kopf und reichte ihr den Vogel. „Vertrau mir, wir werden die Tierarztpraxis schneller erreichen, wenn ich fahre."

Sie wusste nicht, ob sie dankbar sein oder die Flucht ergreifen sollte. Aber das würde sie bald herausfinden.

KAPITEL FÜNFZEHN

ls Craig gesagt hatte, dass sie ihr Ziel mit ihm als Fahrer schneller erreichen würden, hatte er nicht gescherzt. Sie tat ihr Bestes, um den Vogel vorsichtig in einem Arm zu halten, während sie bei jeder wilden Kurve den anderen benutzte, um das Armaturenbrett zu umklammern und zu verhindern, dass sie und die Eule in Craigs Schoß fielen. Oder schlimmer noch, aus dem Wagen flogen. Zum Beweis gab es Fingernagelabdrücke am Armaturenbrett.

Als sie die kleine Tierarztpraxis erreicht hatten, war sie versucht, auf alle viere zu gehen und den Asphalt zu küssen. Offenbar war der Bleifuß bei den Barons genetisch bedingt. Sie hatte sich nicht getraut nachzusehen, aber sie war sich ziemlich sicher, dass Craig mit etwa hundertdreißig Kilometern pro Stunde über die Landstraßen gerast war. Der einzige Grund, warum sie ihn nicht gebeten hatte, langsamer zu fahren, hatte darin bestanden, dass ihre Angst um den Vogel größer gewesen war als diejenige vor der frontalen Bekanntschaft mit einem Baum.

Als das Auto vor der Tierarztpraxis zum Stehen gekommen war, kamen Peg und eine andere Frau, die Kate nicht kannte, herausgerannt, um ihnen auf halbem Weg entgegenzukommen. Andere Tierärzte hätten gewartet, bis sie mit dem verletzten Vogel hereingekommen waren. Aber nicht Peg. Das war nur ein Grund dafür, dass sie den anderen in ihrem Fachgebiet immer eine Nasenlänge voraus sein würde.

„Wir übernehmen jetzt." Die Tierärztin entriss Kate die Eule. „Wie lange ist es her, dass sie angeschossen wurde?"

„Wir wissen es nicht. Ich weiß nicht einmal, wie es passiert ist. Der Mitarbeiter vom Verein für Fische und andere Wildtiere sagte, sie sei angeschossen worden."

Die Tierärztin nickte und eilte, ohne weitere Fragen zu stellen, den Flur hinunter.

Nur aufgrund ihrer früheren Besuche wusste Kate, dass Peg an den normalen Untersuchungsräumen vorbei und durch die Tür zum Operationssaal geeilt war.

„Wer würde so etwas tun?" Kate ging in dem kleinen Wartezimmer auf und ab und versuchte verzweifelt, ihre Nervosität unter Kontrolle zu bringen. Man hätte denken können, es handelte sich um ihr Kind und nicht um einen wilden Vogel. „Ich frage mich, wie lange sie schon verletzt ist."

„Ich weiß es leider nicht." An der Art und Weise, wie Craig die Stirn runzelte, war klar, dass er genauso besorgt um die Eule war wie sie. „Aber das Wichtigste ist, dass wir die Vogelmama zu jemandem gebracht haben, der ihr helfen kann."

Kate hatte jegliches Zeitgefühl verloren. Eine Frage nach der anderen ging ihr durch den Kopf: Wer würde so etwas tun? Hatten sie sie rechtzeitig gefunden? Hatte Peg noch Zeit, ihr zu helfen? Hatten die Studenten ihren Gefährten erwischt? Waren die Eier gerettet worden? Mit jeder unbeantworteten Frage hämmerte ihr Herz heftiger in ihrer Brust. Kate atmete tief ein und aus und blickte den Flur hinunter.

Das Gewicht von Craigs Arm, den er plötzlich um ihre Schulter gelegt hatte, ließ eine Woge der Ruhe durch ihren Körper gleiten. An ihre Seite geschmiegt flüsterte er sanft gegen ihre Schläfe: „Es wird alles gut.

Du hast mir gesagt, dass Peg eine der Besten ist."

Sie lehnte den Kopf an ihn und atmete seine Stärke und sein Vertrauen ein. „Das ist sie wirklich."

Jetzt zeichneten seine Finger zärtlich beruhigende Kreise auf ihrer Schulter. „Sie hat diesen Blick, der mich an meine Grandma auf Mission erinnert."

Das brachte Kate zum Schmunzeln. Sie kannte Lila Baron zwar nicht gut, aber sie würde ihr sicherlich ein krankes Lebewesen anvertrauen. „Peg hat diese Reha-Praxis jahrelang aufgebaut. Zum Glück habe ich sie neulich zum ersten Mal seit einer Weile wieder gesehen. Ich hoffe, dass das jetzt eines dieser Szenarien ist, in denen keine Nachrichten gute Nachrichten sind."

„Hoffentlich kommt bald jemand, der uns sagt, dass Mama Eule auf dem Weg der Besserung ist." Er strich ihr eine verirrte Haarsträhne hinters Ohr. „Es wird alles gut werden. Du wirst schon sehen. Peg hat ein nettes Gesicht. Sie wird dich nicht im Stich lassen."

Am liebsten hätte Kate daraufhin gekichert. Wenn man die Fähigkeiten der Menschen doch nur an einem schönen Gesicht erkennen könnte. „Ich frage mich, wie die Studenten mit den Eiern zurechtkommen."

Kaum waren die Worte aus ihrem Mund, flog die Eingangstür zur Praxis auf und zwei junge Frauen stürmten mit einer kleinen, mit Decken bedeckten Kiste in den Raum. „Wir haben die Eier mitgebracht. Tim hat etwas mit einer Taschenlampe unter der Decke befestigt, um sie zu wärmen, aber sie brauchen einen richtigen Brutkasten."

Obwohl sie lieber in der tröstlichen Wärme von Craigs Armen geblieben wäre, die sie wie eine Decke an einem kalten Wintertag umhüllten, löste sich Kate von ihm und ging auf die beiden Frauen zu. Noch bevor sie ein Wort sagen konnte, sprang die Frau hinter dem Empfangstresen auf. „Hier entlang!"

Nach einem kurzen Fingerschnipsen folgten alle

der Sprechstundenhilfe in den Flur.

„Die Praxis hat ein ziemlich knappes Budget. Jedes Mal, wenn die Wirtschaft ins Stocken gerät, gehen die Spenden zurück, und wir müssen mit noch weniger Geld auskommen." Die Sprechstundenhilfe fummelte an dem Brutkasten herum, der Kate an eine alte Eismaschine erinnerte. Dann legte sie die Eier vorsichtig hinein. „Aber die vergangenen Jahre haben uns noch härter getroffen. Die Ärztin, ich und die jetzige Arzthelferin sind das einzige Personal, das wir uns leisten können, und wir alle mussten Gehaltskürzungen hinnehmen, um den Laden am Laufen zu halten. Die Reha-Maßnahmen mussten wir nach Dallas auslagern, einige nach Austin."

„Peg hat nie ein Wort zu mir gesagt." Kate konnte nicht glauben, dass eine so wunderbare Praxis in Schwierigkeiten steckte und sie keine Ahnung davon gehabt hatte. Bei all ihrem Geplauder über Umweltgesetze hatte sie nie ihre eigenen Probleme erwähnt.

„Hey." Craig streckte die Hand aus und strich sanft mit dem Handrücken über ihren Arm. „Geht es dir gut?"

Sie schüttelte den Kopf. „Wir brauchen Peg. Sie ist gut. Sie sorgt sich wirklich um die Tiere. Nicht, dass das nicht alle Tierärzte tun würden, aber sie geht immer einen Schritt weiter." Kate biss sich auf die Unterlippe. Sie wollte diesen schönen Vogel nicht verlieren, und Texas Wildlife konnte es sich nicht leisten, Pegs Rehabilitationsprogramm zu verlieren. Was um alles in der Welt war nur schiefgelaufen?

Niemals in seinem Leben hatte Craig sich etwas sehnlicher gewünscht, als Kate in die Arme zu nehmen, ihr eine gesunde und glückliche Eule zu schenken und dafür zu sorgen, dass sie sich in ihrem Leben um nichts anderes mehr sorgen musste. Das Problem war natürlich, dass keine noch so große Macht und kein Geld der Welt nichts von alledem garantieren konnten. Nicht einmal sein fachkundiger Großvater konnte den Vogel retten, wenn die Tierärztin nicht dazu in der Lage war.

Die Doppeltür am Ende des Flurs flog auf, und Peg kam mit gerunzelter Stirn auf sie beide zu. Ihr Gesichtsausdruck verriet Müdigkeit, aber sonst konnte er nichts erkennen. Als sie nur noch wenige Meter von ihnen entfernt war, setzte sie ein breites Grinsen auf. „Ich kann noch nichts versprechen, aber ich bin sehr optimistisch.“

Er hatte nicht damit gerechnet, dass Kate herumwirbelte und die Arme um ihn schlang. Sie drückte ihn fest an sich, trat dann einen Schritt zurück und grinste ihn an: „Wir haben sie noch rechtzeitig gefunden!“

„Es war knapp“, warf Peg ein, bevor er vergessen konnte, wo sie waren, und diese köstlichen Lippen küsste – inklusive Publikum.

Kate ging auf die Tierärztin zu. „Wurde sie wirklich angeschossen?“

Peg nickte. „Mit einem Luftgewehr. Wahrscheinlich Teenager.“

„Das glauben wir auch.“ Die Stimme hinter ihnen kam von einem Polizeibeamten, der leise die Praxis betreten hatte. „Ich habe die Vermutung gerade von einem Kollegen gehört, der vor Ort ist.“

Kate hob verwirrt die Augenbrauen, aber Craig war derjenige, der fragte: „Wer hat die Polizei gerufen?“

Der Beamte räusperte sich und erwiderte seufzend: „Ich habe keine Ahnung, aber wer auch immer es war, mein Sergeant hat uns zu einer Ermittlung gedrängt. Ich bin hier, um zu erfahren, was die Ärztin uns sagen kann. Die anderen Beamten sind am Tatort."

Das reichte Craig als Antwort. Seine kurze Nachricht an seinen Großvater, in der er ihm mitgeteilt hatte, dass Mr. „Regeln sind Regeln" Ärger bedeuten könnte, musste dazu geführt haben, dass der Gouverneur einige Telefonate geführt hatte, als sie auf dem Weg zur Praxis gewesen waren. Er hatte zwar keine Zeit gehabt, ins Detail zu gehen, aber die Kurzfassung hatte gereicht. Offensichtlich war der Gouverneur wie immer in Topform gewesen.

„Nach den Informationen, die ich erhalten habe, ist man auf die Überreste von hohlen Baumstämmen gestoßen, die durch Sprengstoff zerstört wurden."

„Sprengstoff?" Kate drückte sich mit dem Rücken gegen Craigs Brust, und er spürte sofort, wie die Spannung in ihren Körper zurückkehrte.

„Ja, Ma'am. Es ist nicht ungewöhnlich, dass gelangweilte Kinder auf dem Lande hohle Baumstämme in die Luft jagen."

„Oder mit Luftgewehren schießen", warf Craig ein.

„Genau." Der Uniformierte nickte.

„Ich wusste nicht, dass die Polizei in Vogelschießereien verwickelt ist", sagte einer der beiden Studenten, die die Eier mitgebracht hatten.

„Ich gebe zu, normalerweise wären wir nicht so schnell darauf angesprungen, aber es besteht immer die Möglichkeit, dass aus dem Schießen auf Tiere etwas noch Gefährlicheres wird." Der Mann strich sich mit einem Finger über den Kiefer und lächelte träge. „Dass Gouverneur Baron uns angerufen hat, hat auch nicht geschadet. Obwohl wir in diesem Teil des Bezirks eher gerufen werden, weil ein paar Jugendliche irgendwelche Vorgärten mit Klopapier verschönert haben oder Kühe umgekippt sind."

„Moment mal!" Kate hob eine Hand. „Wo kriegen Teenager denn bitte Sprengstoff her?"

Der Beamte zuckte mit einer Schulter. „Geliehen aus Moms und Dads Schuppen, gestohlen von einer Baustelle – es gibt viele Möglichkeiten. Sicherlich mehr als uns lieb ist."

„Und was jetzt?", fragte Kate.

Der Beamte wandte sich an Peg. „Ich nehme an, Sie haben keine Informationen, die bestätigen, dass es sich nur um dumme Jugendliche gehandelt hat?"

„Ich fürchte nein." Mit verschränkten Armen schüttelte die Tierärztin den Kopf. „Schüsse aus Luftgewehren kann man nicht einfach so rekonstruieren. Aber ich hoffe, Sie finden es heraus. Ich kann es nicht gebrauchen, dass dumme Jugendliche auf noch mehr Wildvögel schießen. Oder Schlimmeres."

„Amen", stimmte Kate zu. „Wie lange dauert es noch, bis sie zu ihrem Nest und ihrer Familie zurückkehren kann?"

Die Ärztin presste die Lippen aufeinander und schüttelte leicht den Kopf. „Kommt drauf an. Ich habe nicht mehr genug Personal, um die Pflege zu übernehmen, die sie benötigt. Ich werde sie über Nacht selbst beobachten. Wenn alles gut geht, werden wir morgen einen Freiwilligen finden, der sie nach Dallas bringt. Wir haben uns erkundigt, und dort hat man Platz, um einen großen Vogel zu rehabilitieren. Man wird vermutlich auch den Gefährten wollen. Er ist sicher verzweifelt."

„Und die Eier?" Craig war genauso besorgt um die Eulenbabys.

Die Ärztin blickte zu ihrer Sprechstundenhilfe, die mit dem Inkubator verschwunden und erst vor Kurzem zurückgekehrt war.

„Alle Eier sind noch lebensfähig." Die Sprechstundenhilfe lächelte.

„Gut." Peg wandte sich wieder an Kate. „Wir werden die Vogelmutter und die Eier in die Reha-

Einrichtung schicken. Es tut mir leid, dass ich nicht mehr tun kann."

„Ich kann Ihnen nicht genug dafür danken, was Sie bisher getan haben." Kate beugte sich vor und umarmte Peg kurz. „Wir werden uns darum kümmern, ihren Gefährten zu finden."

Der Einzige, der zurückblieb, um mit der Tierärztin zu sprechen, war der Polizeibeamte. Kate schaute auf ihr Handy und überprüfte die eingegangenen Nachrichten. „Alan wird langsam gereizt."

Das überraschte Craig ganz und gar nicht. Ihm wäre es fast lieber gewesen, Ted wäre auf die Baustelle zurückgekehrt. Hoffentlich würde derjenige, den sein Großvater angerufen hatte, in der Lage sein, einzugreifen und Alan in Schach zu halten.

„Weißt du, was das bedeutet?" Kate stand an der Beifahrertür von Craigs Auto.

Als er nahe genug bei ihr stand, um den Duft von Vanille-Shampoo in ihrem Haar riechen zu können, rasten seine Gedanken in alle möglichen Richtungen. Er war momentan nicht in der Lage, zwei und zwei zusammenzuzählen, geschweige denn ihre Frage zu beantworten. „Was?"

„Mit dem Umzug der Eulen hast du ein großes Hindernis für deine Baupläne verloren."

„Ach, das."

Ihre Augen weiteten sich kurz, dann lachte sie leise. „Sie gehen einem unter die Haut, nicht wahr?"

„Sie?"

„Wehrlose Tiere."

„Eulen sind nicht ganz so wehrlos, und bei den Fledermäusen bin ich mir ehrlich gesagt nicht sicher. Aber ja, ich verstehe jetzt viel besser, warum du das, was du tust, so liebst." Ohne sich darum zu scheren, wer sich auf dem Bürgersteig aufhalten könnte, schlang er die Arme um ihre Taille und zog sie dicht an sich heran. „Es gibt viele Dinge, die ich an dir liebe, Katherine Donovan, und wie sehr du dich für Tiere einsetzt, ist nur eines davon."

„Lieben?" Ihre Stimme knackte ganz leicht.

Er sah sie an und suchte nach einem Anzeichen dafür, was ihr durch den Kopf ging. Er fand keines, entschied sich aber dennoch dafür, ins kalte Wasser zu springen. Vor Risiken hatte er sich noch nie gescheut, und jetzt war nicht der Zeitpunkt, damit anzufangen. „Ich liebe dich, Kate."

Wieder machte sie große Augen, bevor ein strahlendes Lächeln diese zum Funkeln brachte. „Und ich liebe dich auch."

Er unterdrückte den Wunsch, *hurra* zu schreien und sie herumzuwirbeln, und tat stattdessen, was er schon den ganzen Tag hatte tun wollen. Er neigte den Kopf, bis seine Lippen ihre berührten. Dann zog er sie näher an sich heran und zeigte ihr auf eindrückliche Weise, wie viel sie ihm bedeutete.

KAPITEL SECHZEHN

Was als miserabler Tag begonnen hatte, mit diesem anstrengenden Typen vom Verein für Fische und andere Wildtiere, den Studenten, dem Auffinden des Eulenweibchens, der Tierarztpraxis, den Fledermäusen und schließlich dem Fangen und Transportieren des Eulenmännchens, hätte sie erschöpft und ausgelaugt zurücklassen müssen. Stattdessen schwebte sie nach Craigs Liebeserklärung und dem Kuss, der ihr noch immer in den Zehen kribbelte, in den Wolken wie die Vögel, die sie so liebte, und sie war bereit, es mit der Welt aufzunehmen. Sie blinzelte ein paar Mal und schaute zu Craig hinüber, erfreut darüber, dass er während der ganzen Fahrt ihre Hand festgehalten hatte.

„Ich habe ein wenig nachgedacht."

„Hoffentlich hat das deine zwei Gehirnzellen nicht überstrapaziert." Sie unterdrückte ein Grinsen angesichts ihrer Neckerei.

„Ha, ha, ha." Sein Lächeln wurde breiter und sein Griff um ihre Hand fester, um ihr zu versichern, dass er ihr den Scherz nicht übel nahm.

„Worüber?", fragte sie.

„Über Pegs Situation."

„Oh." Zwischen dem Hin- und Hergehetze und den Gesprächen auf dem Grundstück über die Vögel, die Fledermäuse und Alans Verhalten hatte sie versucht, einen Weg zu finden, Peg und der Tierarztpraxis zu helfen, die sie so lange geleitet hatte. „Ich kann immer noch nicht glauben, dass ich nicht gewusst habe, wie schwer sie es hat."

„So klein die Welt manchmal auch sein mag, sie ist dennoch sehr groß."

„Woran denkst du also?"

„Während du den Bericht mit der Polizei durchgegangen bist, hatte ich ein paar Minuten Zeit, um auf meinem Handy nach Peg zu suchen. Sie ist sehr gut ausgebildet und hat sogar schon ein paar Artikel über ihre gute Arbeit geschrieben. Ich denke, mit der richtigen Unterstützung könnte ihre Einrichtung die in Dallas oder Austin in den Schatten stellen."

„In gewisser Weise tut sie das bereits."

Er nickte und presste die Lippen ein paar Sekunden lang aufeinander, sodass Kate sich fragte, was er ihr sagen wollte.

„Die Barons sitzen in einer ganzen Reihe von Stiftungsräten. Wir arbeiten überall ehrenamtlich und stellen Schecks aus, als würden wir ein weiteres Glas Wasser einschenken. Vor Kurzem haben meine Großeltern zusammen mit dem Verlobten meiner Schwester Eve ein neues Wohltätigkeitsprojekt ins Leben gerufen."

„Für Kinder von Veteranen. Ich finde es toll!"

Craig lächelte. „Das tun wir alle. Besonders Grandma liebt lohnende Projekte. Ich glaube, die richtige Person", er hob ihre Hand leicht an und lächelte sie an, „könnte Grandma dazu überreden, sich einer anderen lohnenden Sache anzunehmen. Die Barons sind nicht die Einzigen, die Schecks ausstellen."

„Wirklich?" Sie zerrte an ihrem Sicherheitsgurt und drehte sich zu ihm. Wenn er nicht fahren würde, würde sie sich über die Konsole werfen, um ihn zu umarmen. „Das wäre großartig."

„Pegs Praxis ist wichtig für die umliegenden Gemeinden. Das Gebiet Houston ist riesig. Je mehr Menschen in die natürlichen Lebensräume eindringen, desto mehr brauchen wir Einrichtungen wie die von Peg."

„Genau!"

„Gut, denn ich habe ihr einen kleinen Scheck ausgestellt, damit sie eine weitere Arzthelferin einstellen kann, bis wir eine ernsthafte Spendensammlung für sie auf die Beine stellen können."

Diesmal war es ihr egal. Sie löste ihren Sicherheitsgurt, beugte sich über die Konsole und küsste ihn sanft auf die Wange, bevor sie sich wieder ordentlich hinsetzte und anschnallte. „Ich liebe dich, Craig Baron."

Seine Wangen färbten sich tatsächlich rosa, als sein Grinsen breiter wurde. „Dann sollte ich dir von meinen restlichen Ideen erst dann erzählen, wenn wir zu Hause sind, damit du mir richtig danken kannst."

Dafür gab sie ihm mit der freien Hand einen leichten Klaps auf den Arm. „Scherzkeks! Was hast du noch in petto?"

„Mein Studio wird eines dieser Grundstücke sein, die in den natürlichen Lebensraum von Tieren eindringen."

Sie nickte. Das war nur einer der Gründe, warum sie ursprünglich gegen die Idee gewesen war, dass er das Land für ein Filmstudio nutzte.

„Ich habe Devlin gebeten, sich um den Kauf weiterer umliegender Grundstücke zu bemühen. Das wird es einfacher machen, eine Pufferzone drumherum zu schaffen. Das Gebiet soll ein sicherer Lebensraum für Eulen und andere Tiere bleiben. Ich will mehr Bäume pflanzen. Eulenunterschlüpfe bauen. Mehr niedrig wachsende Gräser – oder was auch immer Nagetiere und andere Mitglieder der Nahrungskette gerne bewohnen – anpflanzen."

„Ich will nicht ständig *wirklich* sagen. Ist *wow* okay?" Ihr Herz hatte bei jedem seiner Worte höher in ihrer Brust geschlagen. Was hatte sie jemals in ihrem Leben getan, um dafür belohnt zu werden, dass ein Mann wie Craig Baron sich in sie verliebte?

„Hattet ihr beide einen schönen Tag?" Lila Baron blickte von dem Spitzenhäkelprojekt in ihrem Schoß auf.

Der Gouverneur legte seine Zeitung auf den Tisch neben sich. An manchen Tagen war Craig überzeugt, dass sein Großvater der letzte Mensch auf der Welt war, der seine Nachrichten noch auf Papier und nicht online las. „Ich habe gehört, dass die Polizei glaubt, das mit den Eulen seien nur Teenager gewesen."

„Das hat uns der Beamte beim Tierarzt gesagt. Als wir wieder vor Ort waren, bestätigten die anderen Polizisten, dass sie nichts gefunden hatten, was auf etwas anderes hindeutete."

„Aber wir haben noch eine weitere gute Nachricht für das Studioprojekt erhalten." Kate drückte seine Hand und grinste enthusiastischer, als er es von jemandem erwartet hätte, der mit seinen Plänen für das Grundstück anfangs überhaupt nicht zufrieden gewesen war. „Jetzt, wo die Eulen nicht mehr nisten, sind sie kein Hindernis mehr für das Projekt."

Er rückte näher an sie heran, wohl wissend, dass er ihr nie nahe genug kommen würde. Aber er wollte sie einfach nicht loslassen.

„Das ergibt durchaus Sinn", sagte seine Großmutter.

„Ja." Kate lehnte sich mit der Schulter an ihn, um

ihm stillschweigend mitzuteilen, dass sie das Gleiche für ihn empfand. „Und es gibt gute Nachrichten von der Fledermausfront. Ob es nur am Timing oder an der ganzen Aufregung lag, können wir nicht mit Sicherheit sagen, aber die letzte Fledermaus im Winterschlaf schläft nun nicht mehr. Wenn die Bauarbeiten beginnen können, sollten alle das Nest verlassen haben."

„Oh, das sind gute Neuigkeiten!" Grandma beugte sich vor, um den heranwachsenden Welpen an ihrer Seite hinter den Ohren zu kraulen. „Trotz des holprigen Starts wird dies ein herrlicher Tag."

„Und das ist noch nicht alles." Immer noch an ihn gelehnt, ließ Kate Craigs Hand los und legte einen Arm um ihn. „Mein Kontakt beim Verein für Fische und andere Wildtiere sagt, dass der neue Typ ohne Folgen für uns versetzt wurde, nachdem wir die Eule ohne Erlaubnis selbst weggebracht haben."

Grandma schlug die Hände über dem Kopf zusammen und wäre fast von ihrem Sessel aufgesprungen. „So viele gute Nachrichten!"

„Ja." Der Gouverneur nickte, dann zwinkerte er Craig zu. Es waren keine Worte nötig. Sowohl er als auch sein Großvater wussten verdammt gut, dass seine Verbindungen und sein Name höchstwahrscheinlich ausschlaggebend dafür gewesen waren, dass Mr. „Regeln sind Regeln" einem anderen Projekt zugeteilt worden war und ihnen somit nicht mehr im Weg stand.

Und im Moment war es Craig sogar egal, ob Ted zurückkam. Zu seiner Überraschung war ihm sogar das Studioprojekt egal. Alles, was ihn interessierte, war, dass Kate ebenfalls *„Ich liebe dich"* gesagt hatte.

„Habt ihr schon gegessen?", fragte seine Großmutter. „Ich kann Hazel etwas für euch aufwärmen lassen."

„Genau das haben wir uns erhofft." Craig löste sich von Kate und beugte sich vor, um seine Großmutter auf die Wange zu küssen. Dann richtete er sich wieder auf und nahm Kates Hand wieder fest in seine. „Ich werde Hazel sagen, dass wir auf der Veranda essen werden."

Der Abend war die perfekte Mischung aus frisch und warm, sodass man draußen sitzen konnte. Außerdem gefiel ihm der Gedanke, sich auf einem Sofa zu entspannen, auf dem sie beide dicht beieinander sitzen konnten, ohne dass eine Konsole zwischen ihnen war.

Er ließ sich auf der Outdoor-Couch nieder, die am nächsten an der Ecke und weit weg von den großen Fenstern stand, legte einen Arm um ihre Schulter und küsste sie auf die Wange. „Ich wünschte, wir könnten hierbleiben und ich müsste dich nie wieder loslassen."

„Das würde unsere Jobs ein wenig erschweren."

„Wäre es schlimm, wenn ich sagen würde, dass mich das nicht interessiert?"

Sie schüttelte den Kopf. „Nein, denn mir geht es genauso."

„Gut. Denn wir werden mehr Maßnahmen zur Erhaltung von natürlichen Lebensräumen in das Studiodesign einbeziehen. Rettet die Eulen!"

„Und die Fledermäuse!" Sie grinste.

„Und die Fledermäuse." Er küsste ihre Schläfe. „Und dann werde ich mein Bestes tun, um dir zu beweisen, dass ich der perfekte Mann für dich bin."

Ihre Hände lagen auf seiner Brust, ihr Kinn war nach oben gekippt und sie sah ihn an. In ihren Augen spiegelte sich ein tiefes Gefühl. „Das wird nicht sehr schwer sein. Ich weiß bereits alles, was ich über dich wissen muss. Ich liebe dich."

„Sag das noch mal." Er küsste sie auf die Nasenspitze.

„Ich weiß bereits alles, was ich wissen muss." Sie grinste neckisch.

Er schüttelte den Kopf, unterdrückte ein Lächeln und zog sie näher und näher zu sich heran. „Den anderen Teil."

„Ach, das. Ich liebe dich."

„Dem Himmel sei Dank!"

EPILOG

„Das ist eine absolut perfekte Hochzeit."

Die Worte, ausgesprochen von zahlreichen Gästen, zauberten Paige ein Lächeln ins Gesicht. Die Hochzeit ihrer Schwester Eve war die erste große Veranstaltung auf dem Weingut, und selbst sie war überrascht, wie wenige Probleme es gegeben hatte.

„Du siehst heute Abend aber umwerfend aus!" Jack Preston, der ehemalige Partybegleiter ihrer Schwester, trat neben sie.

„Danke. Aber es ist nicht nötig, die Schmeicheleien so dick aufzutragen."

Er machte große Augen. „Tut mir leid, ich habe nur eine Tatsache festgestellt."

„Dann nochmals vielen Dank." Trotz der Geschichten über seinen jugendlichen Unfug mit ihrem Bruder Kyle und dem Playboy-Ruf, der ihm in allen Klatschzeitschriften anhing, wusste sie, dass Jack tatsächlich ein aufrichtiger Typ war. Laut Eve war er ihr gegenüber kein einziges Mal zu weit gegangen, und oft hatte er ihr eine Menge Kopfzerbrechen erspart, wenn es um ehrgeizige Männer gegangen war, die es auf das Vermögen der Barons abgesehen hatten.

„Was hast du jetzt mit dem Weingut vor?", fragte er.

„Nichts Neues. Wir werden einfach auf dem aufbauen, was wir haben." Sie grinste, als sie an ihre

Pläne dachte. „Und es wird toll werden."

Jack lachte, sodass seine blauen Augen funkelten. Kein Wunder, dass man ihn für einen guten Fang hielt. „Das ist es bereits."

„Und worüber lacht ihr beide?" Mitch nahm neben Jack Platz. „Und sag mir bitte nicht, dass du dich an meine kleine Schwester heranmachst. Ich würde dir nur ungern eine reinhauen müssen."

Jack hielt beide Hände hoch. „Unschuldig."

„Mitch, lass ihn in Ruhe! Er ist ein perfekter Gentleman."

„Siehst du?" Jack lächelte Mitch an.

Während die beiden Männer ein Gespräch über eine bevorstehende Gesetzesvorlage begannen, die Mitch im Senat unterstützen wollte, ließ Paige den Blick durch den Raum schweifen. Die Hochzeitsplanerin trieb ihren Vater von der Bar weg. Da Eve und Jared auf der anderen Seite der Tanzfläche standen und warteten, wusste Paige, dass als Nächstes die kurze Rede ihres Vaters auf dem Programm stand.

Sosehr sie sich auch bemühte, sie konnte ihren Blick nicht von ihrer Schwester und ihrem Schwager abwenden. Sie hatte deren Glück in all den Monaten gesehen, in denen ihre Liebe Wurzeln geschlagen hatte und erblüht war, und natürlich während der Hochzeitsplanung, aber irgendwie hatte sie sie noch nie so verliebt gesehen wie jetzt. Sie konnten kaum die Augen oder die Hände voneinander lassen. Es war eine Freude, ihnen zuzusehen.

„Eve oder Craig?" Ihre Großmutter setzte sich neben sie.

„Wie bitte?"

„Welches Paar beobachtest du?"

„Die Braut und den Bräutigam."

„Ah. Ich dachte, es wären vielleicht Craig und Kate."

Paige wandte den Blick von ihrer Schwester ab und suchte den Raum nach den beiden ab. Sie entdeckte Craig und Kate an einem Tisch nicht weit weg entfernt. Sie waren die einzigen beiden, die noch saßen, während die anderen Gäste tanzten. Sie saßen so dicht beieinander, dass Kate, wenn sie noch näher käme, auf Craigs Schoß sitzen würde. Beide hatten die Köpfe gesenkt, und Paige konnte erkennen, dass sie ein paar ungestörte Minuten genossen, die sie beide zum Lächeln brachte. Daraufhin musste Paige ebenfalls lächeln, auch wenn ein Anflug von Neid in ihr aufkeimte. So viele ihrer Geschwister hatten ihren perfekten Partner gefunden, und alle sahen so verdammt glücklich aus.

Sie schaute zu ihrem Bruder und betrachtete die sanfte Art, mit der er mit dem Daumen über Kates Hand strich, während sein Blick auf diese Frau, die er offenbar sehr liebte, gerichtet war und er ihr aufmerksam zuhörte. Was musste eine Frau tun, um einen Mann zu finden, der sie so ansah?

„Ich tippe auf eine Hochzeit im Juni." Grandmas Blick blieb auf ihren Enkeln haften.

„Hat er ihr einen Antrag gemacht?" Paige drehte sich um und sah ihre Großmutter an. Wie hatte sie das nur verpassen können? Das hätte ihr doch sicher jemand gesagt.

„Nein." Grandmas Grinsen wurde breiter. „Aber er kommt bald. Das weiß ich."

Paige schaute wieder zu dem mittlerweile leeren Tisch. Nach den beiden Ausschau haltend, entdeckte sie ihren Bruder und seine neue Liebe schließlich auf der Tanzfläche. Sie passten perfekt zusammen. Wieder stieg ein Gefühl des Neids in ihr auf, aber sie freute sich auch sehr für alle ihre Geschwister und deren Seelenverwandte. Nicht nur, dass Craigs und Kates Silhouetten zusammenpassten wie zwei Teile eines

Puzzles, Paige hatte Craig noch nie so gut tanzen gesehen. Die beiden Körper wiegten sich wie eine Einheit, und dann, wenn sie es am wenigsten erwartete, wirbelte Craig Kate hinaus und zurück in seine Arme. Jedes Mal wurde Kates Lächeln breiter, und Paige könnte schwören, dass das Funkeln in deren Augen den Raum zusätzlich erhellte.

Sie musste Grandma zustimmen. Die beiden würden es auf keinen Fall länger schaffen, ohne sich selbst zu verbrennen. Ja, sie würde auch auf eine Hochzeit im Juni setzen.

„Schau!" Ihre Großmutter zeigte zur Bühne. „Eve bringt sich in Position, um den Strauß zu werfen."

Paige blickte in die Richtung, in die ihre Großmutter zeigte, und entdeckte die Aufstellung der ledigen Frauen. Offenbar hatte die Hochzeitsplanerin ihren Vater aufgegeben.

„Geh schon!" Grandma stupste sie am Arm an.

„Das ist doch doof."

„Mag sein. Aber es ist die Hochzeit deiner Schwester. Geh!"

„Ja, Ma'am." Paige gehorchte der Familienmatriarchin und gesellte sich zu der großen Gruppe alleinstehender Frauen, die scheinbar der langjährigen und in Paiges Augen albernen Tradition Glauben schenkten, dass diejenige, die den Blumenstrauß fing, als Nächste heiraten würde.

Paige stand so weit wie möglich von Eve entfernt, tat so, als würde sie eifrig mitmachen, und lauschte dem Countdown. *Drei ... zwei ...* Jemand neben ihr kreischte so laut vor Aufregung, dass Paige sich fragte, ob sie den restlichen Abend noch würde hören können. Der Discjockey rief *eins*, und Paige beschloss, dass die Frau vielleicht doch nicht so laut geschrien hatte. Kaum hatte sie die Hände gehoben, um für die glückliche – oder unglückliche – Gewinnerin zu klatschen, schlug ihr das Herz fast bis zum Hals, als der Blumenstrauß genau dazwischen landete.

Als sie nach oben schaute, sah sie ihre Schwester, die sie angrinste wie ein Honigkuchenpferd. Na toll, das hatte ihr gerade noch gefehlt! Während der restlichen Feier würden alle – vor allem ihre Großmutter – sie necken, weil sie die nächste Braut sein würde. Das ganze Getue um Craig und seine neue Liebe würde vergessen werden, denn Paige würde das neue Lieblingsthema der Klatschbasen sein. Na gut.

„Siehst du?" Ihre Großmutter trat neben sie. „War das nicht lustig?"

„Ja, Grandma."

„Jetzt musst du die Augen offen halten. Vielleicht ist Mr. Right hier und du hast ihn nur noch nicht kennengelernt."

„Danke, Grandma." Sie verzichtete darauf, den Kopf zu schütteln oder zu würgen. Sie kannte bereits jeden Junggesellen aus dem Gesellschaftsregister von Houston und hatte wenig Hoffnung, in nächster Zeit die Liebe fürs Leben zu finden. Momentan konzentrierte sie sich darauf, das Weingut auszubauen. Die Liebe würde warten müssen. Sie blickte auf den weißen Strauß in ihren Händen, nahm den süßen Hauch der Blumendüfte wahr, schloss die Augen und kämpfte gegen das Stechen in ihrem Bauch an. Nur für eine Sekunde dachte sie: *Wenn sie doch nur recht hätte …*

EXCERPT: DANIEL: DU BIST

MEIN TRAUM

„**H**aben Sie heute etwas gefunden, was Sie gestern nicht gesehen haben?"

Als Paige Baron den Familienanteil an einem großen, aber erfolglosen texanischen Weingut übernommen hatte, war das Beste an dem ganzen Deal Clay, der Manager, gewesen. Er hatte sein Bestes getan, um das Weingut für die früheren Besitzer zusammenzuhalten, aber ohne die richtige Unterstützung hatte er nicht die geringste Chance gehabt, mitzuhalten, geschweige denn erfolgreich zu sein.

„Kann sein", murmelte sie und gönnte sich noch ein paar Sekunden, um sicher zu sein.

„Legen Sie los." Clay, ein Mann der wenigen Worte, war schon im fortgeschrittenen Alter, aber er arbeitete härter als zwei Männer, die halb so alt waren wie er. Vielleicht sogar drei.

„Ich denke, es ist an der Zeit." Sie starrte auf einen kargen Streifen Land, der an das Grundstück der Barons angrenzte. Kurz nachdem Baron Enterprises das alte Weingut gekauft hatte, war Paige von einem Nachbarn angesprochen worden, der aus dem Grundstück, das sonst niemand wollte, ein Vermögen hatte machen wollen. Da sie eine Frau war, machten zu viele den Fehler, sie für einen Schwächling zu halten. Aber wichtiger als ihr Geschlecht war die Tatsache, dass sie eine Baron war. Ein Sinn fürs Geschäftliche gehörte einerseits zur Grundausstattung ihres Genpools. Andererseits war ihr Verhandlungsgeschick darauf zurückzuführen, dass sie jahrelang miterlebt hatte, wie ihre älteren Brüder das Familienvermögen von einem ohnehin schon beeindruckenden Wert in geradezu schwindelerregende Höhen gebracht hatten.

Es hatte eines langen Katz- und Mausspiels mit dem arroganten Nachbarn bedurft, aber am Ende hatten sie sich auf einen weniger unverschämten und sehr vernünftigen Preis geeinigt. Jedes Jahr, wenn sie die nächste Phase ihres Fünfjahresplans in Angriff nahm, begutachtete sie das Grundstück und dachte: *noch nicht.* An diesem Morgen, während sie auf der Veranda vor dem neuen Pavillon stand, meldete sich ihr Bauchgefühl zum ersten Mal zu Wort. Sie wandte den Blick von dem unberührten Land ab und schaute zu dem Mann, der seit dem ersten Tag ihre rechte Hand war. „Es ist drei Jahre her."

Clay nickte ihr zu. Sie brauchte nichts zu erklären, er wusste, dass sie von ihrer preisgekrönten Hybrid-traube sprach. Oder besser gesagt von dem, was hoffentlich eine preisgekrönte neue Mischung für das Weingut Baron werden würde.

Vor ihrem geistigen Auge sah sie die kahle Anbau-fläche, die mit Reihen köstlicher, praller Trauben bedeckt war, die darauf warteten, zu einem edlen Wein verarbeitet zu werden. „Wir könnten eine limitierte Auflage machen." Das war ein weiterer Gedanke, der ihr im Hinterkopf herumschwirrte, während sie über den Wein nachdachte.

Clays Blick war zu den kahlen Hügeln gewandert. „Das könnten wir."

An manchen Tagen hasste sie diese männliche

Vorliebe für Ein-Wort-Antworten. „Oder?"

„Kein *oder*." Er schüttelte den Kopf und wandte sich ihr zu. „Das ist ein guter Plan."

Das war es, was sie hatte hören wollen. Sie vertraute mehr auf ihr Bauchgefühl als auf sonst etwas, aber ein ermutigendes Wort von Clay half ihr sehr dabei, das große Ganze im Auge zu behalten. „Wir haben weitere Anfragen für sehr große Hochzeiten."

„Die von Miss Eve war eine schöne Party." Der ältere Mann kannte ihre Schwester kaum länger als Paige, aber er hatte sich in die gesamte Familie verguckt.

„Ich glaube, es wird genug in der Kasse sein, um die neue Traube zu pflanzen."

„Die französische Traube?"

Paige nickte. Jahrelange Reisen durch die französische Landschaft hatten sie mit vielen Winzern in Kontakt gebracht. Einige waren freundlicher als andere gewesen. Ganz wenige, die keine Konkurrenz durch die junge Amerikanerin gefürchtet hatten, hatten ihre Geheimnisse geteilt. Einer von ihnen, ein alternder Mann, der ihren Großvater wie ein junges Reh hatte aussehen lassen und der geschworen hatte, dass Paige das Ebenbild seiner längst verstorbenen Tochter wäre, hatte ihr versprochen, dass sie zu gegebener Zeit seine Stecklinge in die USA bringen könnte. Wenn alles so klappte, wie sie es sich erhoffte, würde sie in ein paar Jahren kräftige Rebstöcke haben, und dann, mit etwas mehr Zeit, könnte sie der Welt eine neue, beeindruckende Baron-Cuvée präsentieren. Allein der Gedanke daran verursachte ihr eine Gänsehaut.

„Bist du sehr beschäftigt?" Die Stimme des Gouverneurs dröhnte laut über ihre Schulter.

Paige drehte sich um und umarmte ihren Großvater, wie sie es schon als kleines Mädchen getan hatte. „Ich habe immer Zeit für dich."

Der alte Mann strahlte. „Gut, denn ich muss kurz mit dir reden.“

Clay räusperte sich. „Ich werde nach dem neuen Mädchen im Verkostungsraum sehen.“

Der ehemalige Gouverneur des großen Staates Texas stellte sich neben Paige. „Man munkelt, dass die Comets ihr Franchise verlegen wollen.“

Sie kniff die Augen zusammen, als sie gedanklich von Wein auf Sport umschwenkte und ein paar Sekunden länger brauchte, um den Teamnamen einzuordnen. „Hockey.“

„Ja. National Hockey League, also NHL.“ Ihr Großvater senkte leicht das Kinn. „Wir haben uns bemüht, ein Farmteam nach Houston zu holen, aber wenn wir die Comets an Land ziehen könnten …“

Er verstummte, aber Paige konnte das Funkeln in den Augen des Gouverneurs sehen. Sie hatte schon viele Geschichten aus seiner Kindheit gehört, als er die Winterferien mit all seinen Cousins und Cousinen im Haus seines Großvaters in Colorado verbracht hatte. Das Eishockeyspielen auf dem See war eine seiner schönsten Erinnerungen. Zweifellos konnte ihr Großvater eine Eisbearbeitungsmaschine in dem wenig genutzten Stadion sehen, alles für ein hochrangiges Spiel vorbereitend, und zwar so deutlich, wie sie sich das derzeit brachliegende Land voller üppiger Weinreben vorstellen konnte. Ihr Großvater war in vielerlei Hinsicht ein Visionär. Er hatte viele Jahre lang hart für seinen Bundesstaat gekämpft und setzte sich auch weiterhin für seine Stadt, seinen Bezirk und seinen Staat ein, wann immer seine Zeit und sein Geld vonnöten waren.

„Es wird nicht leicht sein, die Yankee-Besitzer im Norden davon zu überzeugen, dass die Golfküste der perfekte Ort für eine Umsiedlung ist.“

„Das Geld wird die Überzeugungsarbeit leisten.“

Das war eines der ersten Dinge, die sie als Baron gelernt hatte. Das zweite war gewesen, dass das Geld der Barons für das Allgemeinwohl eingesetzt werden sollte. Nicht immer eine leichte Aufgabe.

„Soweit ich weiß, leitet Daniel Dupree den ersten Prüfungsausschuss."

„Der Name kommt mir bekannt vor." Sie konnte ihn allerdings nicht genau zuordnen.

„Kanadier. Er spielte für die Bruins, dann für die Comets. MVP-Torwart bei drei Stanley Cups in Folge. Seine Karriere wurde unterbrochen, als ein Autounfall eines seiner Beine zerquetschte. Man hat das Bein retten können, aber nicht seine Karriere."

Ja, natürlich. „Er und sein Bruder spielten im selben Team. Mitch muss ihr größter Fan gewesen sein."

Der Gouverneur nickte. „Soweit ich weiß, besucht Dupree persönlich die sich bewerbenden Städte."

„Ist Houston eine davon?"

„Wir arbeiten daran."

Die Gedanken wirbelten in ihrem Kopf herum, aber keiner erklärte, warum ihr Großvater dies ausgerechnet mit ihr besprach. Sie kannte sich mit Wein aus, allerdings nicht mit Hockey.

Er wippte vor und zurück und atmete leise aus. „Eines habe ich in meinem Leben gelernt, politisch korrekt oder nicht – eine Frau im Raum hilft, hitzköpfige Männer zivilisiert zu halten."

„Vielleicht."

„Nein, nicht vielleicht. Eve kann nicht teilnehmen, und Siobhan ist unterwegs, um Fotos von Afrikanischen Elefanten zu machen. Kann ich auf deine Hilfe zählen?"

Alles, was sie über Eishockey wusste, konnte sie praktisch in drei Sätzen abhandeln, aber wenn ihr Großvater der Meinung war, sie könnte helfen ... „Auf jeden Fall."

Zehn Städte und jetzt Houston. Daniel hatte den größten Teil der vergangenen Wochen gebraucht, um mehrere Städte aus dem Rennen zu nehmen und die beste, jetzt elf, herauszufiltern. Die meisten hatten hohe Ziele gehabt, allerdings nicht die finanziellen Mittel, die sein Team wollte. Sosehr es ihm auch missfiel, noch eine weitere Stadt auf die Liste zu setzen, anstatt diese zu kürzen, so hatte der Vorschlag aus Houston in letzter Minute doch alles, wonach das Team suchte. Einschließlich eines bereits gebauten Stadions, zwar etwas klein, aber für Eishockey geeignet. Es war nicht nötig, mit Gemeinden zu feilschen, um das Team in den Bundesstaat zu holen. Dennoch zog er einen Staat mit kälteren Temperaturen und ohne jährliche Hurrikans wie Utah oder Wyoming vor. Utah war auf der Liste geblieben, aber leider war Wyoming herausgefallen. Die Rechnung für einen Staat, in dem es mehr Antilopen als Menschen gab, war einfach nicht aufgegangen.

Ein bestehendes, ungenutztes Stadion war nicht das Einzige, was für Houston sprach. Daniel musste zugeben, dass der Gedanke an zwei Eishockeyteams, die die profitable Rivalität zwischen den beiden Teams aus Pennsylvania widerspiegelte, sein Interesse geweckt hatte. Die potenziellen Einnahmen würden jeden Menschen zum Sabbern bringen. Andererseits sprach der Mangel an Fans bei den letzten Spielen dafür, dass der Süden möglicherweise ungeeignet für mehrere Eishockey-Franchises war. Vielleicht.

„Bist du bereit?" Kevin, Daniels rechte Hand bei diesem Projekt, stand in der Tür.

Daniel schaute auf seine Armbanduhr. Der Flug nach Utah ging in etwas weniger als vier Stunden.

Gerade genug Zeit, um zum Flughafen zu fahren und sich durch die Sicherheitskontrolle zu quälen. „So bereit, wie ich nur sein kann."

Kevin legte ein Stück Papier auf Daniels Schreibtisch. „Das kam gerade rein. New Mexico zieht sein Angebot zurück."

Daniel sah auf das Blatt vor sich und nickte. „Wer hat es sich wohl anders überlegt?"

„Keine Ahnung."

Daniel hatte sich von Anfang an gefragt, wie ein Staat mit nur wenigen Millionen Einwohnern auf die Liste hatte kommen können. Er war zu dem Schluss gekommen, dass jemand in New Mexico außergewöhnlich spendabel war. Jetzt fragte er sich, was ihn dazu gebracht hatte, seine Meinung zu ändern und sein Bankkonto zu sperren.

„Hast du die Daten für den Neuen?"

Es dauerte einen Augenblick, bis er begriff, dass Kevin Houston meinte und nicht irgendeine andere Stadt, die ihm die Eigentümer aufgedrängt hatten. „Ich weiß nur, dass Gouverneur Baron einer der Unterstützer ist. Das erklärt wahrscheinlich, warum Houston die einzige Stadt im Rennen ist, die die Kosten für ein Fünf-Sterne-Hotel aufbringen kann."

„Texas ist sicher nicht der einzige Staat mit einer gut gefüllten Haushaltskasse."

Daniel zuckte mit den Schultern. „Nein, aber es heißt, in Texas sei alles größer. Es wird interessant sein, zu erfahren, was man dort geplant hat."

„Ich frage mich, ob sie dich in einer dieser Stretch-Limousinen mit Kuhhörnern auf dem Kühlergrill abholen werden …"

„Das bezweifle ich. Ich miete ein Auto. Außerdem bin ich mir ziemlich sicher, dass die Hörner nur von Stieren stammen."

„Nö. Die Longhorn-Rinder haben alle Hörner. Bei

ihnen gibt's keine Geschlechterdiskriminierung."

Daniel lachte. „Alles klar." Warum sein Assistent aus Brooklyn etwas über texanische Rinder wusste, war ihm allerdings schleierhaft.

„Willst du eine Aspirin?"

Erst bei Kevins Frage wurde Daniel klar, dass er sich das Knie rieb. Als der betrunkene Idiot, der die rote Ampel überfahren hatte, in die Fahrerseite seines Autos gekracht war und es über die Kreuzung gegen einen Laternenpfahl geschleudert hatte, hatte er gedacht, sein Leben sei zu Ende. Dank eines erstklassigen Trauma-Teams und seines brillanten Chirurgen hatte sein Leben gerettet werden können, nicht aber seine Karriere. Nach all den Jahren war es für ihn so normal, sich die Beschwerden in seinem linken Bein wegzureiben, dass er gar nicht mehr merkte, dass es ihm zu schaffen machte – erst, wenn Kevin in den Kümmerer-Modus wechselte. Für einen Mann war er ziemlich gut darin, Kleinigkeiten zu bemerken. „Nein, es ist nicht weiter wild."

Sein Assistent sagte kein weiteres Wort über sein Bein, sondern überreichte ihm lediglich einen dicken Umschlag mit allen wichtigen Informationen für jede Stadt. Daniel hatte alles auf seinem Laptop, aber auf Flugreisen zog er es vor, es auf altmodischem Papier statt auf einem beleuchteten Bildschirm zu lesen. Seine primäre Aufgabe bestand darin, alles über den ehemaligen Gouverneur, den Ausschuss, die Stadt und weiteres, was ihm helfen würde, diesen Besuch rasch über die Bühne zu bringen, zu erfahren. Jemand mochte zwar den Ausschuss davon überzeugt haben, mehr Tage in Houston zu verbringen als in den anderen Städten auf der Liste, aber für ihn galt: Je schneller er diesen Besuch hinter sich bringen konnte, desto besser. Kopfschüttelnd stopfte er den Umschlag in seine Aktentasche. Wie zum Teufel konnte jemand erwarten,

Eishockey und eine Million Grad Hitze neun Monate im Jahr erfolgreich zu kombinieren? Auch wenn zwei rivalisierende Teams innerhalb eines Staates durchaus ihren Reiz hatten, war er sich ziemlich sicher, dass er sich bereits entschieden hatte. Das Team brauchte kühle Temperaturen und eine Stadt, die für Eishockey brannte. In Houston gab es nicht genug Leute, bei denen man eine Begeisterung für Eishockey wecken könnte. Er bezweifelte, dass die riesige Stadt irgendwelche Überraschungen für ihn bereithielt. Nein, Houston würde definitiv die reinste Zeitverschwendung sein.

ÜBER CHRIS KENISTON

Chris Keniston ist Autorin von vierzig zeitgenössischen Romanen und lebt mit ihrem Mann, zwei menschlichen Kindern und zwei Hundekindern in einem Vorort von Dallas. Obwohl sie beide Hunde gleichermaßen liebt, gibt sie zu, eine ganz besondere Bindung zu ihrem Deutschen Schäferhund aus dem Tierheim zu haben. Schließlich verdienen auch Hunde ein Happy End.

Auf www.chriskeniston.com erfahren Sie mehr über Chris Keniston und ihre Bücher.

Folgen Sie Chris' Montagsblog auf ihrer Website ChrisKenistonAutoren

Folgen Sie Chris auf Facebook unter ChrisKenistonAutorin